# 雪樓詩鈔

[清]馬之龍 撰
楊學娟 楊超超 整理

国家出版基金项目
NATIONAL PUBLICATION FOUNDATION

古代西南少數民族漢語詩文集叢刊·回族與土家族卷

總主編 徐希平
分卷主編 孫紀文
分卷副主編 王猛 楊學娟 丁志軍

巴蜀書社

**圖書在版編目(CIP)數據**

雪樓詩鈔/(清)馬之龍撰;楊學娟,楊超超整理.
成都:巴蜀書社,2024.12.—(古代西南少數民族漢語詩文集叢刊·回族與土家族卷/徐希平總主編;孫紀文分卷主編).—ISBN 978-7-5531-2304-2

Ⅰ. I222.749

中國國家版本館 CIP 數據核字第 2024GB1861 號

XUELOU SHICHAO

# 雪 樓 詩 鈔

(清)馬之龍　撰;楊學娟　楊超超　整理

策劃編輯　張照華
責任編輯　張照華　張紅義　白亞輝
責任印製　谷雨婷　田東洋
封面設計　木之雨
出　　版　巴蜀書社
　　　　　(成都市錦江區三色路 238 號新華之星 A 座 36 樓
　　　　　郵編區號 610023)
　　　　　總編室電話:(028)86361843
網　　址　http://www.bsbook.com
　　　　　發行科電話:(028)86361856
經　　銷　新華書店
照　　排　成都木之雨文化傳播有限公司
印　　刷　四川宏豐印務有限公司(028)84622418　13689082673
成品尺寸　170mm×240mm
印　　張　17
字　　數　220 千
版　　次　2024 年 12 月第 1 版
印　　次　2024 年 12 月第 1 次印刷
書　　號　ISBN 978-7-5531-2304-2
定　　價　120.00 元

# 古代西南少數民族漢語詩文集叢刊

回族與土家族卷主編

孫紀文

回族與土家族卷副主編

王　猛　楊學娟　丁志軍

回族與土家族卷編委會（參與整理人員）

孫紀文　王　猛　楊學娟　丁志軍　李小鳳　左志南　梁俊杰　彭容豐

# 凡例

一、整理工作主要包括標點、校勘、輯佚、補遺等方面，除特殊情形需要説明外，一般不作注釋。部分詩文集於正文後增列附録，以利研究。

二、整理後的各集一般沿用原書名及原有編輯體例。有多個子集而無全集者，由整理者根據通行原則命名和編排；集名、體例不明者，由整理者確定體例，并根據通行原則重新命名。

三、各卷依據詩文集篇卷多寡確立分册。篇卷多者，可分多册；篇卷少者，可多人合册。

四、叢書統一采用繁體豎排，新式標點。

五、校勘工作主要對底本中的訛、脱、衍、倒作正、補、删、乙。校記置於篇末，記録异文及校改依據，一般不作考證，力求簡明。

六、俗體字、舊字形及顯見的刻抄錯誤，徑改而不出校。常見异體字不作改動，極生僻的异體字改爲規範字，必要時出校記予以説明。

# 古代西南少數民族漢語詩文成就及其意義（代序）

中國文學歷史悠久，少數民族文學同樣源遠流長。少數民族文學既有母語文學作品，又有大量的漢語文學作品，都是中華文學的寶貴遺産。早期的少數民族漢語詩文作品，或是少數民族作者直接用漢語創作，或是以本民族語言創作而翻譯成漢語并得以流傳。

中國西南地區族别衆多，少數民族文學成就巨大，但較少爲外界所知，這與其實際成就極不相符。抗戰時期，聞一多先生在參加湘黔滇旅行團指導采風活動時，尤其是在欣賞彝族舞蹈後認爲：『從那些民族歌謡中看出了中華民族的强旺生命活力，這種大有可爲的潛力還保存在當今少數民族之中。』爲此，他曾計劃寫一篇文章，標題下注明了發人深思的要點——『不要忘記西南少數民族』[一]，作出中國文學的希望在西南的判斷。其後，學界日漸重視西南民族文學和文化的研究，成果豐碩。

[一] 鄭臨川：《聞一多先生的中華民族文學觀》，《西南民族學院學報》二〇〇〇年第五期。

早在漢代，西南地區就與中原交往密切，武帝時期開發西南夷，司馬相如爲此積極奔走。蜀郡守文翁在四川開辦學校，以儒家思想教化百姓。漢唐時期，西南地區文學進入中華文學視野，且占有重要地位，所謂『蜀之人無聞則已，聞則傑出』。司馬相如、揚雄、王褒皆爲漢賦大家，陳子昂開闢唐詩健康發展之路，『繡口一吐，便是半個盛唐』的詩仙李白將詩歌帶到盛唐的頂峰。在這個大背景下，西南地區少數民族詩文創作也同樣被載入史册。東漢時期古羌人著名的《白狼歌》堪稱少數民族詩文最早的代表。據《後漢書·南蠻西南夷列傳》記載，東漢明帝永平（五八—七五）年間，居住在筰都一帶的『白狼、盤木、唐菆等百餘國，户百三十餘萬，口六百萬以上，舉種貢奉』，成爲祖國大家庭的一員。在與東漢王朝的交往中，少數古羌部落的首領創作了一些詩歌作品。其中，被譯爲漢文并傳至今日的就有著名的《白狼歌》（包含《遠夷樂德歌》《遠夷慕德歌》《遠夷懷德歌》），成爲中華民族團結、文化交融的經典之作。詩歌之外，還有少量散文作品，如三國蜀漢名臣姜維的書表，也可以視爲西南羌人的漢語創作。

我國西南本來就是多民族地區，氐、羌、藏、漢文化交流源遠流長。二十世紀八十年代初，馬學良主編《中國少數民族文學作品選》，全書共五個分册，共收入五十五個少數民族古今民間文學和文人文學作品六百餘篇，是新中國首部少數民族文學總集，影響深遠。其書序中寫道：

『回族、滿族、白族、納西族等，也早已産生了本民族的用漢文寫成的作家文學。』〔二〕其中南詔著名詩人楊奇鯤的《途中詩》，是該書所收録的最早的作家文學作品。該詩收録於《全唐詩》。楊奇鯤還有另一首題作《岩嵌緑玉》的詩，收録於《滇南詩略》。

除楊奇鯤外，南詔國王驃信作的《星回節游避風臺與清平官賦》和朝廷清平官趙叔達《星回節避風臺驃信命賦》二詩不僅韻律和諧，且頗近於隋唐王朝君臣同賦或大臣應制之作。兩詩與稍後的大長和國布燮（宰相）《聽妓洞雲歌》等呈現出西南地區烏蠻族漢語詩文創作之盛。此數詩亦皆被《全唐詩》收録。

據《舊唐書·吐蕃傳》載，貞觀十五年（六四一），松贊干布向唐太宗請求聯姻，文成公主出嫁吐蕃，吐蕃開始『釋氈裘，襲紈綺，漸慕華風；仍遣酋豪子弟，請入國學以習詩書』，又請唐朝『識文之人典其表疏』，漢藏交流十分密切。唐中宗時，吐蕃又遣其大臣尚贊吐、名悉獵等來迎娶金城公主。名悉獵漢學造詣頗高，《舊唐書·吐蕃傳》説他『頗曉書記』，『當時朝廷皆稱其才辯』，皇帝還給與特殊禮遇，『引入内宴，與語，甚禮之，賜紫袍金帶及魚袋』等。特别值得一提的是，他還參與中宗和大臣之間的游戲及詩歌聯句等文字娱樂活動。景龍四年（七一〇）正月五日，中宗移仗蓬萊宫，御大明殿，會吐蕃騎馬之戲，因重爲柏梁體聯句，當

〔二〕馬學良主編：《中國少數民族文學作品選》，上海文藝出版社，一九八一年，第一頁。

君臣聯句將畢之時，名悉獵主動請求授筆，以漢語來了一個壓軸之句。其所作『玉醴由來獻壽觴』，不僅表意準確，而且合於格律、平仄、韻脚，相較前面唐朝漢臣所作毫不遜色，令衆人刮目相看〔二〕。其詩至今仍保存在《全唐詩》中〔三〕，留下了最早的古代藏族人漢語詩文創作的珍貴文獻記録，也成爲少數民族漢語詩文創作的典型史料。

晚唐五代時期，回族先民梓州詩人李珣、李舜絃兄妹，漢語詩文創作成就甚高。李珣著有《瓊瑶集》，雖已佚，但仍存詞五十四首。作爲少數民族詩人，李珣得以躋身《花間集》西蜀詞人群，十分耀眼。李舜絃作爲蜀主王衍昭儀，有《蜀宫應制》等詩。這些均顯示出西南地區民族文學漢語創作的成果。

宋遼金元時期，西南地區與各地少數民族漢語詩文創作都有了進一步發展。居住在四川成都的鮮卑族後裔宇文虚中及其族子宇文紹莊堪稱代表。宇文紹莊有《八陣圖》等詩傳世。西南大理國白蠻貴族的漢語修養很高，段福爲國王段興智叔父，創作有《春日白崖道中》等詩作，大理國亡時，曾奉元世祖命歸滇統領軍事。元末大理總管段功之妻阿蓋公主本爲蒙古族，所作《愁憤詩》書寫其與段功的愛情，情感真摯，是他們凄惻動人愛情悲劇的原始記載。

〔二〕（後晉）劉昫：《舊唐書》，上海古籍出版社，一九八六年，第六二七頁。
〔三〕（清）彭定求編：《全唐詩》，上海古籍出版社，一九八七年，上册，第二五頁。

明清時期，少數民族漢語詩文創作有了極大的發展，不僅作家數量倍增，而且有了大量的個人詩文集傳世。中國社會科學出版社二〇一四年出版的多洛肯《元明清少數民族漢語文創作詩文叙録》著録極爲翔實，大略統計古代西南地區各少數民族作家漢語文集上百家，雖然亡佚不少，但現存的也還有至少八十餘家，其中不乏一些在全國有較大影響的作家，還有許多屬於文學家族。如納西族木府土司木公、木增家族，木公有《隱園春興》《雪山庚子稿》《萬松吟卷》《玉湖遊録》等；雲南白族趙藩爲著名的『武侯祠攻心聯』作者，有《向湖村舍詩》（初、二、三集）；貴州布依族作家莫友芝被稱爲西南巨儒，有《莫友芝詩文集》等。但目前僅有少量的作家文集被整理過，大多數尚未整理，這極不利於對少數民族文學成就的認識、評價和深入研究。近年出版的一些大型叢書，如上海古籍出版社二〇一〇年出版的《清代詩文集彙編》（四千餘種），國家圖書館編、國家圖書館出版社二〇一七年出版的《清代詩文集珍本叢刊》（一千三百六十七種），收録清人别集數量十分可觀，但少數民族漢語詩文集數量有限。其中一個重要原因便是少數民族漢文資料總體上較爲零散，古代西南少數民族漢文别集尤其難覓，缺乏整理。因此，有必要對相關情況予以探討，以便於進一步的整理研究。

西南少數民族漢文文集文獻整理和研究，已取得一定成果，但總體而言，相關研究還是較爲薄弱。無論是稿本、抄本還是刻本，多未揭示和整理，散於各處，既不利於深入研究分析和總體評價，也不利於民族文獻的保護和傳承，需要整合力量，加大力度發掘整理、搶救保護。

西南地區的少數民族中，大約有白族、納西族、彝族、回族、土家族、布依族、侗族等九個民族有漢語詩文集，其中尤以白族、納西族、彝族和回族較多，其詩文集主要留存情况如下。古代白族作家現有二十四人近四十多部詩文别集存世，大概有近二百五十萬字的文學作品。納西族詩人及文集，明代主要是木府家族。首先是木公（總八百七十三首），其次爲木增，此外是木青，有《玉水清音》。清代則有楊竹廬、桑映斗等二十餘家納西族詩文集。彝族詩文集較多，主要有左正、左文臣、左文象、左嘉謨、左明理、左世瑞、左廷皋、左章照、左章曬、左熙俊等左氏詩文集，高光裕、高奣映、高厚德等高氏詩文集，余家駒、余珍、余昭、余一儀、余若瑔等余氏詩文集，還有魯大宗、禄洪、李雲程、安履貞、黄思永詩文集，等等。回族作家作品比較多，有沐昂、馬之龍等十餘家詩文集。土家族、羌族、布依族、苗族、侗族作家數量雖不多，但有的影響不小，如莫友芝、董湘琴等，都值得深入研究。此外還有少量少數民族作家文集已散佚，如前面提到的宋金時期的宇文虚中等。

西南各民族漢文别集文獻整理與研究具有十分重要的學術價值和深遠的現實意義。西南各少數民族伴隨着中華民族繁衍交融的足迹生生不息，豐富的少數民族文學不僅是中華民族文學寶庫中不可分割的一部分，更蘊藏着其歷經憂患却綿延堅韌、不失特色的生存密碼。西南地區各族文學不僅與漢文學關係密切，而且各民族文學亦互相滲透和影響。如被譽爲明代著述第一人的四川著名詩人楊慎後半生基本居住於雲南，他不遺餘力地推薦、介紹木公等雲南作家，對西南民族地區文化交流傳播和漢語詩文創作起到了促進作用。由此也可以探討中華多民族文學相互影響和促進發展的過程與普遍規律，同時對各民族對漢語的巨大貢獻，以及漢語文包容多元文化、作爲多民族文化内涵載體的特性和凝聚各民族智慧結晶重要價值等也會有新的認識。中共中央辦公廳、國務院辦公廳於二〇一七年一月二十五日印發《關於實施中華優秀傳統文化傳承發展工程的意見》，指出文化是民族的血脉，特别提到要加强少數民族語言文字和經典文獻的保護和傳播，做好少數民族經典文獻和漢族經典文獻的互譯出版，實施中國民間文學大系出版等工作。因此，全方位清理整合西南各民族漢文别集文獻，對於民族文學史料學學科建設和民族文化保護工作，尤具有特殊的意義。這對增進世人認識瞭解豐富的民族文化與文學成就，搶救和保護民族文化資源，探索民族文學繁榮發展的有效途徑，促進中華民族團結與現代社會和諧發展，都具有十分重要的學術和應用價值。

有鑒於此，我們組織申報了《古代西南少數民族漢語詩文集叢刊》國家社科基金重大招標項目，并獲得立項。本課題首次對西南少數民族漢文文學文獻做了全面系統深入的爬梳、搜集和整理研究，展現其創作成就，説明少數民族文學創作與漢文學之間密不可分的内在聯繫和交叉影響，展示其對中華文化的突出貢獻，并以其依托漢文傳承文化的富有典型意義的綿延發展歷程，爲民族文化保護提供借鑒，也爲中國古代民族文獻整理和當代文學繁榮發展探索有效途徑。

課題目標主要是提供最爲全面的西南少數民族漢語詩文集，爲進一步研究奠定基礎，加深對『一帶一路』背景下南絲綢之路和茶馬古道區域内各民族文化交融的認識，發揮保護和搶救民族文化遺産的重大社會效益。

西南各民族文獻現存情況較爲複雜，各族别文集數量差异較大，極不平衡，文集版本也很混亂。除少量文集當代曾初步整理之外，大多僅存清代或民國刻本，還有一些爲稿本和手抄本，大多不爲外界所知，主要散見於西南地區各圖書館和私人手中。同時，各家文集普遍存在作品收録不全的情況。課題涉及面廣，困難不少。别集的普查，作品的輯佚、校勘，部分古代作家族别歸屬的認定，文字的考訂等，都是課題難點所在。對於各種學術争論歧説，我們本着嚴謹的科學態度，不武斷，不盲從，盡力作實事求是的考辨，力求言之有據，推動學術進步。在此基礎上盡力做成最完善、最全面、集大成的西南少數民族漢語詩文文獻叢刊。

按照歷史區域文化概念，我們原則上搜集詩文的地域主要包括今四川、雲南、貴州、重慶和西藏五省區（不含廣西地區），時間一般爲清末以前，作者身份判别根據出生地、籍貫、歷史淵源、習慣定勢等因素進行綜合考量。每種文集皆校勘標點，并附簡短的叙録。根據各族文集存佚數量情况分爲白族卷，納西族卷，彝族卷，回族與土家族卷，羌族、苗族、布依族、侗族及其他各族卷等五個分卷，分别由西北民族大學多洛肯教授，麗江師範高等專科學校楊林軍教授，西南民族大學曾明、孫紀文、王菊教授擔任子課題負責人。湖北民族大學文學與傳媒學院丁志軍博士除承擔土家族相關詩文集的搜集整理工作外，還參與了點校凡例的起草與修訂。寧夏大學和西南民族大學古代文學、古典文獻學專業的部分教師和碩、博士研究生也參與了課題研究。巴蜀書社張照華先生自課題開題即全程參與，認真審讀書稿，提出許多建設性意見。中國社會科學院學部委員、文學研究所所長劉躍進研究員，國家圖書館原館長詹福瑞教授，《民族文學研究》原主編湯曉青研究員，中國社會科學院民族學與人類學研究所聶鴻音研究員，教育部『長江學者』特聘教授、西北大學李浩教授，教育部『長江學者』特聘教授、北京大學廖可斌教授，西華師範大學伏俊璉教授，福建師範大學郭丹教授，四川師範大學趙義山教授等著名學者給予本課題精心指導和熱情鼓勵。在此謹對付出辛勞和提供支持與幫助的所有朋友致以最誠摯的謝意。

由於各種主客觀條件所限，本課題難免存在一些不足，版本的選擇及文字的校勘等也不盡如人意，希望能够得到專家的批評指正。

徐希平

二〇二〇年十月三十一日於西南民族大學武侯校區宿舍

# 分卷前言

二〇一七年，由徐希平先生主持申報的課題《古代西南少數民族漢語詩文集叢刊》獲批國家社科基金重大項目。項目的獲批對於古代少數民族文學研究而言，無疑起到了非常重要的支撐作用。本人忝爲子課題《古代西南少數民族漢語詩文集叢刊·回族與土家族卷》的負責人，深感責任大、任務重，故與課題組的各位老師齊心合力，共謀課題研究之路徑，力求早日出成果。如今在巴蜀書社的鼎力支持下，相關的研究成果會陸續出版，欣喜之餘，就這兩個民族詩文創作的風貌略作交代。

在中華民族多元一體的歷史文化進程中，有着兼收并蓄之胸襟的各少數民族作家創造了既屬於自己民族、又屬於中華民族大家庭的燦爛文學。遠離政治文化中心的西南地區，也以其獨特的地域風貌滋養着一批批卓有成就的回族文人和土家族文人。他們的創作既表現出與中國古代『詩騷』『風骨』等文學與文化精神相融通的思想旨趣，又呈現出鮮明的地域特色和獨特的藝術審美風貌。

古代西南地區的回族詩文創作，可謂善於把握中國古代文學發展的歷史脉絡，不斷吸收漢語詩文創作的經驗，涌現出一些名家名作。早在五代時期，回族先民李珣便以自己不凡的創作成就，獲得了很高的文學聲望。李珣，字德潤，著有《瓊瑶集》，惜已散佚，王國維編成輯本《瓊瑶集》，録李珣詞五十四首。李珣被列入『花間詞人』之中，他的富有娛樂性質的小詞被前蜀後主所賞，作品被詞家相互傳誦。李珣之妹李舜絃是五代時期爲數不多的會作詩的嬪妃之一，也是有記載的中國第一位回族女詩人，惜其作品大多失傳，今僅存詩四首。經過宋元兩朝的發展，回族文人逐漸融入中華文化之中，尤其是到了明代，回族作家也都熱衷於成爲儒家文人，故而，明代回族文學也迅速發展。同時，由於文教的日益成熟，西南地區涌現出一批風流儒雅的回族文人，如沐昂、孫繼魯、馬繼龍、閃繼迪等人。沐昂，字景高，作爲明代前期雲南政壇上的領軍人物，其所取得的政治成績是顯著的。而作爲一位文人，他剛健、曠達的作品風格則十分引人注目。不論是抒發理想抱負、針砭時弊、關注百姓生活，還是描寫自然風光、與人交游唱和，都表現出其高潔的人格、豪邁的氣度與曠放的情韻。有《素軒集》行世。沐昂作爲雲南地區重要的文學領袖，主持編纂的《滄海遺珠》，收録大量與雲南有關的文人作品，可謂是明代文學的一顆明珠，對保存西南地區的文人創作風貌具有十分重要的意義。孫繼魯，字道甫，號松山，《滇中瑣記》評曰『觀其詩文，大都雄古道勁，適尚其爲人』，著有《破碗集》《松山文集》，惜已散佚。馬繼龍，字雲卿，號梅樵，著有《梅樵集》，已佚，《滇南詩略》録其詩六十八首。閃繼迪，字允修，著有《雨岑園秋興》《吴越吟草》，均已佚，《滇南詩略》存録其詩六十餘首。他的詩歌多有懷才不遇之慨，詩作格調較高。閃繼迪之子閃仲儼、閃仲侗均有詩名。閃仲侗，字士覺，號知願，著有《鶴和篇》等。清代是回族文學的繁榮時期。清代日益濃厚的爲學爲文風氣也影響到回族文人，這一時期的回族文學與整個文學發展的大潮流密切相隨，即便是在西南地區，也不乏著名的回族文人。孫鵬是孫繼魯六世孫，字乘九、圖南、鐵山，號南村。他的詩作着重意象描寫，意境開闊，想象奇特，多寫山水田園，展現西南地區特有的自然風光，詩風清新明快。李根源在《刊南村詩集序》中評曰：『英辭浩氣，磊落出群，有不可一世之概。』『氣韻格律，宗法盛唐，間摹漢魏，歸宿子美，昌黎爲近。』孫鵬的散文創作也十分出色，論説文見解獨到，議論不凡，叙事寫人則娓娓道來，情感真摯。《雲南叢書》收其《少華集》《錦川集》《松韶集》，合稱《南村詩集》。馬汝爲，字宣臣，號悔齋，以綿遠醇厚的詩風享譽詩壇，他的散文清麗纖綿，頗具駢儷色彩，有《馬悔齋先生遺集》行世。李若虚，字實夫，他的詞作在清代詞壇中獨具特色。他以卓越的藝術表現手法，爲後人留下了許多真實再現西南邊疆和藏地風貌的獨特作品，有《實夫詩存》和《海棠巢詞》行世。馬之龍，字子雲，號雪樓，他的詩歌簡峭入古，樂觀豪邁，多紀游山水，有《雪樓詩鈔》傳世。沙琛，字獻如，號雪湖，又號點蒼山人。他爲官期間，頗有惠政，審理重案時得罪上司，獲罪戍邊，因萬民請命，感動皇帝，得以奉親歸里。家鄉滇西北旖旎的自然風光成爲他寄情物外的環境依托，多紀游山水、與人唱和之作。也正是這樣獨特的外部環境和其自身的性格特徵造就了他的詩歌多采用即景抒情、吞多吐少、欲放還收的藝術手法，具有高韻逸氣和幽潔之思，有《點蒼山人詩鈔》行世。除此之外，古代西南地區還有許多回族文人，因他們的作品傳世較少，而不被世人獲悉。如馬玉麟所著《静觀堂稿》，已佚；馬鳴鑾所著《密齋詩稿》也下落不明；賽嶼著作繁多，有《夢鼇山人詩古文集》等，可惜這些作品大多已失傳，現在祇能在《石屏州志》等方志文獻中看到他的遺詩遺文。

古代西南地區的土家族詩文創作，可謂善於借鑒歷代漢語詩文創作的成就，不斷豐富創作内容。土家族主要聚居於渝東南、黔東北、鄂西南、湘西北的廣大地區，其中渝東南、黔東北屬於西南地區。這一地區，歷史上曾長期由土司統治，冉氏、陳氏、楊氏、馬氏和田氏是這一區域的土家族土司代表。改土歸流以前，由於統治者要求土司繼承人必須入學接受漢文化教育，以及土司自身對漢文化的嚮往，一些土司家族開始形成前後相繼的家族文人群體。這個群體普遍有較高的漢文化修養，具備用漢語文進行書面文學創作的能力。渝東南土家族漢語詩文的興盛，實肇端於土司文人的創作實踐。根據現存的文獻記載，大約在明代中期以後，以酉陽爲中心的冉氏土司家族，開始出現能文善詩的文人，先後有冉雲、冉舜臣、冉儀、冉元、冉御龍、冉天育、冉奇鑣、冉永沛、冉永涵等文人從事漢語詩文創作。其中曾經結集流傳的有冉天育的《詹詹言集》、冉奇鑣的《玉樓詩卷》和《擁翠軒詩集》、冉永涵的《蟪蛄聲集》，今俱不存。清代改土歸流以後，酉陽設直隸州，轄酉陽、黔江、彭水、秀山諸縣，酉陽冉氏土司雖不復存在，但冉氏家族的進一步繁衍，使得家族文脉得以延續，涌現出更多優秀文人，且多有詩文集刊刻傳播。如冉廣燏有《寓庸堂文稿》《二柳山房雜著》等；冉廣鯉有詩集《信口笛吟草》；冉正維有《老樹山房文集》《醒齋詩文稿》；冉瑞嵩著有《大酉山房集》；冉瑞岱著述甚富，有《二酉山房隨筆》等；冉崇文爲清末酉陽冉氏文人中最有成就者，著有《二酉山房詩鈔》等；冉崇煃有《雨亭詩草》；冉崇治有《容膝軒詩集》。以上所列詩文集今俱未見，但部分詩作由馮世瀛選入《二酉英華》。改土歸流之後，官學教育和科舉考試的普遍推行，加之冉氏與陳氏、馮氏、田氏等家族互通婚姻，使得這一時期的土家族詩人群體更加龐大。如陳氏家族有陳序禮、陳序樂、陳序川、陳汝燮（原名陳序初）、陳宸（原名陳序適）、陳景星等代表人物，他們皆有詩集，其中陳汝燮《答猿詩草》，陳景星《疊岫樓詩草》，陳宸、陳寬《酉陽陳氏塤篪集》，均存民國印本。田氏家族以田世醇、田經畬爲代表，前者有《卧雲小草》等，後者亦有詩集，惜未見傳本。馮氏家族以馮世熙、馮世瀛、馮文願爲代表，其中馮世瀛爲酉陽名儒，是清代後期在經學、文學上均有很高成就的土家族文人，有詩集《候蟲吟草》，今存同治刻本。此外，土家族名醫程其芝有《雲水游詩草》存世。石柱馬氏土司家族中，能詩善文者亦復不少，但在漢語詩文的創作成就上要遜色於酉陽冉氏，秦良玉、馬宗大以及土司舍人馬斗燡、馬湯等人是其中的代表人物。馬斗燡曾有《竹香齋詩集》結集傳播，後散佚，乾隆間流官王縈緒又輯録《竹香齋拾遺詩稿》傳世，今未見。改土歸流之後，石柱冉氏文脉亦得到傳承，有冉永焘、冉永燮、冉裕垕等代表，惜無别集流傳。秀山楊氏土司家族歷來多軍功卓著者，文人則不多見。改土歸流前，楊氏土司家族尚無在漢語詩文創作上有所成就者。乾嘉以降，平茶楊氏土司後裔、果勇侯楊芳及其子孫輩多文武兼擅，不但從事漢語詩文創作，而且多有作品集流傳。楊芳有《錫羡堂詩集》刊行，後其孫又輯有《楊勤勇公詩》；楊芳子楊承注有《楊鐵庵詩》；楊承注子楊恩柯有《陶庵遺詩》；楊恩桓有《卧游草》。《楊勤勇公詩》《陶庵遺詩》《卧游草》尚有抄本存世，《錫羡堂詩集》《楊鐵庵詩》今未見傳本。黔東北在明以前爲田氏土司所統治，因思州、思南土司在明初相攻仇殺，朝廷遂廢這一區域土司，置流官，建官學、興科舉。因此，明初以後的黔東北，實已無土司家族存在。這一地區的土家族漢語詩文發展，大約與渝東南同步，正德以後，涌現出田秋、安康、田谷、安孝忠、田慶遠、田茂穎、王藩、任思永、張敏文、張清理、張德徽等優秀作家，他們的作品曾結集行世，惜今未見傳本。

古代西南地區回族、土家族詩文之所以能持續發展，并能够在中國文學史上占有一席之地，很大的原因在於西南地區回族、土家族文人的文學創作既受到時代風氣的塑造，又受到地域文化的影響。同時，古代西南地區的回族、土家族文學也是與其他民族文學相交融的産物。西南地區是一個多民族地區，回族、土家族文人在與包括漢族在内的其他民族交往過程中，各學所長，形成了你中有我、我中有你的多元一體的文學格局。如回族詩人沙琛，在與白族文人師範、漢族文人錢澧、納西族文人桑映斗、回族文人馬之龍的交往唱和過程中，不論在詩歌創作風格、取材對象，還是主題内容等方面都相互影響。這就增加了回族文學的多民族因素，使得回族文學的内容更加豐富。

總而言之，古代西南地區的回族、土家族詩文以其鮮明的地域特徵和獨特的創作風貌爲後世研讀者所稱道。這些創作成就，不僅豐富了回族文學和土家族文學的内容，也爲建構更加完整的中國文學史添磚加瓦，頗有傳承價值。

需要説明的是，本卷内文留存了部分原作者對農民起義軍的蔑稱，這顯示了古人的歷史局限性，爲保持古籍原貌，此次整理不一一修改。

孫紀文

二〇二〇年十月二十五日於西南民族大學圖書館

# 目録

# 叙録

《雪樓詩鈔》是清代回族作家馬之龍的詩集。馬之龍（一七八二—一八四九），字子雲，號雪樓居士、雪山居士、雪子，曾名『景』或『景龍』，雲南麗江人，清代回族作家。據記載，馬之龍爲人穎毓，博聞强記，能詩善笛，兼通釋老經典，曾因『慨然草《去官邪鋤鴆毒論》千餘言，於提學試經古日，附試卷上之，諷以入告。提學駭詫，以狂妄違功令褫其衿』。子雲便回到麗江，隱居於玉龍雪山對面的雪樓，後攜帶一把紅毛劍和一支鐵笛開始了歷時八九年的『遊跡遍齊、楚、吴、越間』的漫遊，歷十三行省，『年六十歸寓昆明』，終生未娶。道光末年，馬之龍再次回到麗江，尋卒。有《雪樓詩鈔》《雪樓詩選》《卦極圖説》等著述傳世。

《雪樓詩鈔》全書共六卷，收録了馬之龍道光十六年（一八三六）底所作詩五〇四首，其中卷一有一〇三首，卷二有七十六首，卷三有一百一十六首，卷四有七十二首，卷五有四十四首，卷六有九十三首。古體近體混編在一起，按照作品産生時間的先後編排，并且在每一卷詩前標明本卷所收詩的創作時間。作品或歌頌家鄉美景，或寫羈旅生活，或表現自身高潔品質，或歌誦友情的真摯，或表現超然物外的灑脱情懷，或感慨人生的際遇。『語言剛健樸實，格調清新自然』，爲時人所敬重。書前有《序》，書末附《雪樓賦鈔》一卷，收古體賦四篇，分别是《笛賦》《方琴賦》《琴賦》《城南賦》。

《雪樓詩鈔》現存雲南省圖書館藏清道光十七年（一八三七）初刻本與清代修補本兩種。其中，初刻本六卷，附録一卷，两册，四眼綫裝，半頁九行，行十八字，白口，四周雙邊，單黑魚尾，版心上鐫書名，中鐫卷次。書名頁中鐫『雪樓詩鈔』大字，上有『道光十六年锓』，下有『板存滇省城』等字樣。書名頁、《序》等多處鈐有簡化漢字『雲南省圖書館圖書』圓形朱文印一枚，印中刻有五角星，顯係解放後所鈐。内容字體爲宋體，刊刻精美，除封面有破損、小有蟲蝕外，整體保存完好。

初刻本兩册書封面左側靠上均有手寫『雲南叢書趙藩題』題簽，中間靠下均有『雲南省圖書館圖書』圓形藍文印一枚，印中刻有五角星。第一册封面右側題寫『雪樓詩鈔』，下有小字『一至三』，旁題『子雲先生初刻本』；第二册封面右側題寫『雪樓詩鈔』，下有小字『四至六』，旁題『李厚安先生選刻雲南叢書者目上有圈識之』。在第一册正文首行『雪樓詩鈔卷一』與第二册正文首行『雪樓詩鈔卷四』下均有手寫『昆明李坤選本』，從墨跡和字體可以看出是後人所書。李坤（一八六六—一九一六），字厚安，一字櫟生，號雪道人，昆明人，光緒二十九年（一九〇三）進士，入詞垣，授編修。《雪樓詩鈔》并未收入《雲南叢書》，收入的是從《雪樓詩鈔》中選出來的《雪樓詩選》，綜合上述材料，結合書中被選入《雪樓詩選》的詩歌上有墨筆圓圈標記，没有選入的就没有標記的情况可以看出，此書當爲選刻《雲南叢書》時，由李坤負責從中選詩以成《雪樓詩選》的工作本。

該書前《序》落款爲『道光十七年丁酉秋七月朔雪山居士書於昆明旅舍』，但從内容和語氣看，似又非馬之龍所作。結合書中所收詩時間截至道光十六年（一八三六）年底可以看出，雖然書名頁上鐫『道光十六年鋟』，但該書真正刻完當在道光十七年（一八三七）甚至更晚，以道光十七年（一八三七）刊刻成書的可能性最大。《清人别集總目》《清人詩文集總目提要》等將《雪樓詩鈔》版刻年確定爲道光十六年（一八三六）是錯誤的。

雲南省圖書館藏清代修補本《雪樓詩鈔》共四册，版式、字體與初刻本一致，但内容上略有差異，顯係於初刻本基礎上增補修訂而成。修補本中未見雪山居士所作《序》，或係流傳中散佚，亦可能爲修補時删去。判定其爲修補本之核心依據有三：其一，修補本對初刻本内容多有修正，如在卷五《蔣秋汀刺史贈石印》一詩中，初刻本作『東坡「且鬬樽前見在身」』，此詩句實爲唐代牛僧儒《席上贈劉夢得》之句，修補本修正爲『唐人「且鬬樽前見在身」』。其二，卷五中，修補本在相同位置將《客夜》一詩替换爲《遊仙》，并在卷末新增《香碧堂賞梅釋妙明索贈時妙明遊峨嵋迂道武昌歸》。其三，卷六中，修補本删除初刻本重複收録之《芍藥》詩（二詩僅尾句两字相異），另補入《邊存赤邀飲》。新增詩文或爲馬之龍晚年親自修訂，或爲修補者搜集補充。若爲馬之龍親自修訂，則該本係成書於道光年間。若爲修補者搜集補充，則因修補本中具有墨圈標識的詩題選入了《雲南叢書》刊刻的《雪樓詩選》中，可推斷修補本早於《雲南叢書》。綜合以上材料，結合馬之龍的生平，修補本成書於清末，以道光年間的可能性最大，是故暫定該本爲清代修補本。

《雪樓詩鈔》是馬之龍五十五歲在昆明親自編定印行的一部詩集，其中包括詩人從青壯年到晚年的詩作，是馬之龍詩較完備的一部集子。民國十二年（一九二三），趙藩主持編纂《雲南叢書》時，從《雪樓詩鈔》中選出部分詩篇并且加入《馬子雲先生傳》，編成《雪樓詩選》兩卷一册。

《雪樓詩鈔》是馬之龍自己創作并印行的一部詩集，是研究馬之龍其人及其詩歌風格變化、思想感情的最直接最重要的材料之一。該書部分詩文被選入《雲南叢書》，這對於豐富雲南地方文獻有較高的價值，且其詩文内容豐富，題涉山水詠懷、羈旅抒志、贈答唱和等多重維度，對於研究清代中期雲南少數民族文人内心世界、生活狀態皆有較高參考價值。

本書主要以點校方式對《雪樓詩鈔》進行整理。校勘以雲南省圖書館藏清代修補本爲底本，以雲南省圖書館藏道光十七年（一八三七）初刻本、《雲南叢書初編本》之《雪樓詩選》二卷本爲參校本，參考《（光緒）麗江府志》《滇詩嗣音集》《滇文叢録》《（民國）新纂雲南通志》等文獻。書後所附内容主要爲劉大紳、沙琛、張玉潤等人與馬之龍的酬唱詩。

# 序〔一〕

古書序皆後人所爲也。周公之《禮》《樂》，未聞召公輩爲序；孔子之《春秋》，亦未聞蘧大夫輩爲序。下則曹、劉、陶、謝、李、杜詩，皆無當時人序，宋始有之。元、明至今日，一書數序，其詞率皆贊美其爲人。馬子雲《雪樓詩鈔》，其詩友戴古村爲定六卷，附賦鈔一卷，且爲序。一時同好亦多以序來，子雲俱不受。余問故，子雲笑而不答。司馬子長曰：余嘗讀孔氏書，想見其爲人。此蓋子雲之不受人序之意歟？

道光十七年丁酉秋七月朔，雪山居士書於昆明旅舍

【校記】

〔一〕據道光十七年初刻本補。

# 馬子雲先生傳〔一〕

馬之龍，字子雲，麗江諸生〔二〕，其先世爲回部人。之龍長身鶴立，少慧嗜學〔三〕，試輒前茅〔四〕。顧不屑爲舉子業〔五〕，喜談天下古今利病〔六〕，思有以匡濟於世。

嘉慶末〔七〕，吏治日窳〔八〕，而西洋英吉利輸鴉片烟入廣州〔九〕，浸淫遍中國〔十〕。滇處僻遠〔十一〕，害尤及之〔十二〕。之龍慨然草《去官邪鋤鴆毒論》千餘言〔十三〕，於提學試經古日，附試卷上之〔十四〕，諷以入告。提學駭詫〔十五〕，以狂妄違功令褫其衿。

之龍遂辭家，攜紅毛劍一，鐵笛一，作汗漫遊者八九年〔十六〕，足跡遍十三行省。目擊海釁之開也〔十七〕，廟謨之不定也〔十八〕。倦遊歸〔十九〕，仍僑寓昆明〔二十〕，博涉佛藏，寄情詩酒，絶口時事，即詩文中亦絶不道及。當道重其爲人，顧不輕延接〔二一〕。惟與學使吴存義〔二二〕、五華書院長劉大紳遊處最契〔二三〕。所止多就僧舍〔二四〕，僧徒多從之學詩〔二五〕，其名者麗江妙明〔二六〕、昆明巖棲。然於禪奥未之許也〔二七〕。獨存義時與講討内典〔二八〕，相悦以解。存義偶問：『梵書「呵嘛唎吧嚰吽」六字何解？』之龍曰：『此關音不關義。蓋如來以此六聲抒人六氣，可隨時持誦，猶誦字母耳。』存義大心折〔二九〕。

道光末，之龍年逾七十矣〔三十〕，歸老於家〔三一〕。從容諷麗江回族，謂：『□□□□□，□□□□。□□□，□□□□，□□□，□□□□，□□□□。』大爲所訴斥〔三二〕。未幾，之龍卒。又未幾而亂作，□□□□□□□□□。人始服其先見。麗江雪山十三峰〔三三〕，晶瑩蜿蜒，秀插天半，終古高寒，遊屐闃絶〔三四〕。之龍曾遍涉其勝〔三五〕，爲記一篇，簡峭入古，人傳誦之〔三六〕。

其卒也〔三七〕，葬郭北雙石橋外〔三八〕。總督林則徐、迤西道王發越與存義以『詩人』表其墓道〔三九〕。存義并題墓聯曰：『得古佛言外意，是高士傳中人〔四十〕。』所著有《雪樓詩鈔》《卦極圖説》《陽羨茗壺譜》諸書〔四一〕。

劍川趙藩　撰

【校記】

〔一〕本篇據《雪樓詩選》補入。

〔二〕『諸生』，《（民國）新纂雲南通志》作『人』。
〔三〕『少慧嗜學』，《（民國）新纂雲南通志》作『少穎慧而嗜學』。
〔四〕『試輒前茅』，《（民國）新纂雲南通志》作『補諸生』。
〔五〕『屑』，《（民國）新纂雲南通志》作『屑屑』。
〔六〕《（民國）新纂雲南通志》『喜』字前有『獨』字。
〔七〕《（民國）新纂雲南通志》『嘉』字前有『清自』兩字。
〔八〕『窳』，（民國）《新纂雲南通志》作『媮』。
〔九〕『鴉片烟』，（民國）《新纂雲南通志》作『痾芙蓉』。
〔十〕《（民國）新纂雲南通志》『中國』二字後有『人甘之若飴』五字。
〔十一〕『僻遠』，（民國）《新纂雲南通志》作『天末』。
〔十二〕『害尤及之』，《（民國）新纂雲南通志》作『鴆毒所被尤烈，會提學按臨麗江』。
〔十三〕『慨然草《去官邪鋤鴆毒論》千餘言』，《（民國）新纂雲南通志》作『閉户密草《去官邪》《鋤劫藥》，兩論都千餘言』。
〔十四〕『試卷』，《（民國）新纂雲南通志》作『卷後』。
〔十五〕『提學駭詫』，《（民國）新纂雲南通志》作『使者大詫』。
〔十六〕『之龍遂辭家，攜紅毛劍一，鐵笛一，作汗漫遊者八九年』，《（民國）新纂雲南通志》作『之龍遂佩紅毛劍，腰鐵笛，浩然辭家作汗漫遊』。

〔十七〕『目擊』，《（民國）新纂雲南通志》作『見』。
〔十八〕《（民國）新纂雲南通志》『廟』字前有『而』字。
〔十九〕『倦遊歸』，《（民國）新纂雲南通志》作『潸焉隕涕歸』。
〔二十〕『仍僑寓昆明』，《（民國）新纂雲南通志》作『而僑居昆明』。
〔二一〕『博涉佛藏，寄情詩酒，絶口時事，即詩文中亦絶不道及。當道重其爲人，顧不輕延接』，《（民國）新纂雲南通志》作『寄情詩酒間，深研浮屠氏書，絶口不臧否時事。當道雅敬之，畏其高，不輕造訪』。
〔二二〕『惟與學使』，《（民國）新纂雲南通志》作『惟學使者』。
〔二三〕『五華書院長劉大紳遊處最契』，《（民國）新纂雲南通志》作『五華書院山長劉大紳與投契』。
〔二四〕『所止多就僧舍』，《（民國）新纂雲南通志》作『之龍棲止既多僦僧舍』。
〔二五〕《（民國）新纂雲南通志》『僧』字前有『以故』二字，『徒』字後有『亦』字，『之』字後有『龍』字。
〔二六〕『其名者』，《（民國）新纂雲南通志》作『成名者有』。
〔二七〕《（民國）新纂雲南通志》無『然於禪奥未之許也』一句。
〔二八〕『獨』，《（民國）新纂雲南通志》作『而』。《（民國）新纂雲南通志》中『與』字後有『之龍』二字，且無『討』字。
〔二九〕《（民國）新纂雲南通志》無『存義偶問』至『存義大心折』一段文字。
〔三十〕《（民國）新纂雲南通志》無『逾』字。
〔三一〕『於家』，《（民國）新纂雲南通志》作『麗江』。

〔三二〕『謂』，《（民國）新纂雲南通志》作『曰』。

〔三三〕《（民國）新纂雲南通志》『十』字前有『高者』二字。

〔三四〕《（民國）新纂雲南通志》『遊』字前有『故』字。

〔三五〕『曾』，《（民國）新纂雲南通志》作『獨』。

〔三六〕『爲記一篇，簡峭入古，人傳誦之』，《（民國）新纂雲南通志》作『蓋亦徐宏祖、李雲麟之流亞者也』。

〔三七〕『其卒也』，《（民國）新纂雲南通志》無此三字。

〔三八〕『郭北』，《（民國）新纂雲南通志》作『北郭北』，且無『外』字。

〔三九〕『以「詩人」表其墓道』，《（民國）新纂雲南通志》作『合表其墓』。

〔四十〕『存義并題墓聯曰：「得古佛言外意，是高士傳中人」』，《（民國）新纂雲南通志》無此段文字。

〔四一〕《（民國）新纂雲南通志》『所』字前有『之龍』二字。

# 雪樓詩鈔卷一

## 甲子至辛未 麗江馬之龍子雲

### 雪樓

巖關接蕃地，古雪消江瘴。嵬峨十三峰，豈獨邊城壯。我得面山居，山靈時相貺。無月亦晶瑩，非秋恒颯爽。樂此不下樓，身世兩相忘。

### 北窗

北窗客竟去，高林月初上。不聞栖鳥聲，但見孤雲往。

## 日暮

日暮雪樓外，遠風動高樹。山雪逾清寒，時時一散步。下樓流水聲，引我林深處。徙倚秋月明，歸來衣霑露。

## 尋梅

霜風落群木，雪中開一枝。歲寒少此物，天地荒無姿。深山昨夜笛，流水清晨詩。盤桓自云適，薄暮猶忘歸。

## 樓飲贈和一齋楊竹廬

滿貯一樓雪，終年八月涼。故人扶杖至，笑我看山忙。琢句忘華髮楊，銜盃樂醉鄉和。相歡須盡日，莫漫惜斜陽。

## 游雪山

立品須立最高品，登山須登最高頂。雪山之高高接天，鐵堂橫絶清涼境。餱糧酒脯充橐囊，十日以前戒行裝。更招山村好健足，隨身竿木降虎狼。玉壺奇景未遑顧，努力且尋擎天柱。蟠虬飛龍懸半空，未行高徑神先怖。森森喬木三千春，阿房柏梁求無因。林盡茫茫草皆偃，勁如箭竹白如銀。松柏到此難爲力，寒岩飄動青石皴。饑餐元冰渴飲雪，信宿攀援立卓絶。青天有路人無命，豐毛健翮跡俱滅。千危百怪經歷盡，始睹練霄銀燭爇。置身無煩無熱天，坐我琳臺白玉闕。眼底雲海波如山，詭狀奇形不易詰。中間銀船蕩瑶槳，玉人朝帝影飄瞥。歸來山下人皆驚，瘦骨清風身體輕。是時余年二十四，乙丑五月哉生明。

## 附玉龍山記〔一〕

蕃中多雪山，最著者曰老君。蕃名『喀哇迦補』，華言『白頭』。五大峰，如五老圍坐在維西阿墩口外。山脉東南行千里至麗江，夾江而起，皎如削玉，勢如游龍，爲玉龍麗江雪山也。在郡城北三十里許，高萬丈，圍千里，大峰十三，十二在江南〔二〕，一在江北〔三〕。雪有古有新，古雪千古不化，新雪四時所積，旋積旋消。新雪積，古雪無增；新雪消，古雪無減。上有生雲處，朝朝生雲。雲白色，雪不離雲，雲不離雪，一彈指頃，變態無窮。晚則山頂雲赤如渥丹，日盡變青，色同山面，白雲次第歸生處，夜則或留十之一二。蓋山之奇，奇以雪，雪之奇，奇以雲也。

游山必自玉柱碑始。碑磨崖，高十丈，雍正三年，郡守襄平楊馝劈窠書『玉柱擎天』四字。

由碑而上，茂林巨樹，聯絡不絶，中有蓮花貝母，犬形茯苓，種種靈藥。將至鐵堂，凡近古雪處，皆名鐵堂。不生一木，惟有白草，草皆風卧，無挺生者。至鐵堂，則並不生一草，惟有石耳。石皆皺裂芒角，無一平滑者。游者至此止矣。鐵堂以上，古雪千仞，光彩奪目，清寒逼人，可望而不可即。

山中有虎跳江，岸獨狹，江南北虎渡口也，一名交弓處。其上有雷岩，岩腹水聲如雷，覓之不可見。巖石較他産玲瓏秀絶。雷岩東南有光石巖，巖石明净，可照鬚眉。光石西北有緑雪巖，巖盡雪，雪緑色。緑雪東有生銀巖，巖嵌白銀，高險不可取。生銀南有方天洞，四面削壁，天形方正。中有圓石，可坐千人，諸獸跡印石，各各可辨。洞北有長春壑，四時温暖，緑草不枯。壑西南有鐵杖嶺，上有鐵杖長五尺餘，忽在忽亡，又不定所在處。相傳昔有老人攜杖入山，人去杖留，鎮伏虎豹。又有湯泉、瀑布、白水、黑水諸勝。山下有玉壺池名，水極清冷，雲開風定，萬丈倒影，此又一奇也。

嘉慶戊寅八月二十九日，麗江馬之龍記

【校記】

〔一〕此篇亦收於《麗江府志》與《麗郡文徵》中，但《麗江府志》與此篇差异較大。詳見（清）陳宗海修、（清）李星瑞纂《（光緒）麗江府志》卷八，稿本。（清）趙聯元輯《麗郡文徵》卷二，民國三至五年雲南叢書處刻雲南叢書本。

〔二〕道光十七年初刻本作『北』。

〔三〕道光十七年初刻本作『南』。

## 生雲處

看雲直到生雲處，回首不見來時路。中有玉人神飄然，指點前峰曰歸去。歸來獨立望青天，一片飛雲遥相顧。

## 題楊竹廬壁上

晚到緑雲間，天寒流水冱。隔林犬吠聲，明月照歸路。

## 白馬潭獨坐

澄潭竟無底，身疑坐天外。落花仍罥樹，游魚自成隊。相賞久忘歸，夕陽遠峰挂。

## 點蒼歌贈趙紫笈沙雪湖

十九蒼峰十八溪，溪奔峰立誰敢擠。上有陰崖晝夜白如月，下有龍關首尾封以泥。玉龍山客尋山到，蕭蕭白髮共歌嘯。萬事莫如擎一杯，仰天不顧旁人笑。君不見，富春渚，嚴陵釣。又不見，柴桑里，陶潛傲。

**樹聲樓**在一塔寺。

攜笛上高樓，樓頭樹聲滿。斜暉一塔間，塔外山僧返。

## 玉泉雜咏八首

**玉泉精舍**

小庭花竹幽，上界鐘魚寂。不見往來人，但聞泉乳滴。

**紫雲樓**

獨坐紫雲樓，斜暉挂蘿壁。夜來風雨聲，曉看流湍激。

**落花溪**

散步落花溪，風來竹相擊。微雲渡淺流，復上青巖壁。

## 虹橋

曲岸翠微深，清流虹影寂。偶然禪客來，縹緲攜瓶錫。

## 南澗

山徑石連綿，澗泉花寂歷。行吟待月來，林木清如滌〔一〕。

【校記】

〔一〕『滌』，道光十七年初刻本作『滴』。

## 高山流水亭

未彈俞伯琴，先弄桓伊笛。曲罷悄無人，嵐光滿蘆荻。

## 雪池

清池碧樹間，坐對雪山影。舉首見飛雲，凄然太虛冷。

## 柳塘

柳塘春水滿，落日垂條綰。魚鳥自相親，客來竟忘返。

## 學陶三老歌

趙近光學陶，得陶之耕田；楊竹廬學陶，得陶之吟詩；趙子恒學陶，得陶之飲酒；余亦學陶，而無所得，作歌贈之。

陶公吟詩飲酒兼力耕，此外問之更無有一能。千載三老學夫子，雙足未踐柴桑里，一生已卧北窗裏。玉龍山下白雲深，耕罷詩成酒醉矣。

## 讀書

人生一世間，及壯當有爲。雖無濟時策，心與古人期。古人憂斯世，今人憂己私。願言謝流俗，往籍皆吾師。

## 游玉壺還芝山夜坐，贈道人

清晨游玉壺，薄暮還芝山。山水好秋色，微雲澹銀灣。松喧寺常寂，月出山自閑。持此問道人，高風不可攀。

## 藏經樓

西來祖意無文字，文字何嘗非祖意。龍藏三千仔細拈，夕陽樓上滿蒼翠。

## 訪山中道人不遇

道人何處去，祇在對門峰。薄雪有行跡，雲深不敢從。

## 分賦得春怨同木近思世守

東風甚無情，吹我夢魂散。不見心中人，但睹繁花粲。挾瑟上高樓，未彈意先亂。纖纖削玉手，獨坐封尺翰。雲際雙飛鴻，十年音信斷。

## 謝張振霄古瓷杯

有酒復有書，瓷杯贈我古。滿斟懷古人，不恤今人語。

## 梅花灣訪故人不遇

寒山日出閉柴關，獨棹扁舟去不還。岸上何人一聲笛，梅花片片落溪灣。

## 釣叟

三間草屋白雲汀，箬笠蓑衣髮半星。一葉扁舟風送去，烟波縹緲萬山青。

## 訪甘露子，懷青松子

吾愛甘露子，買山得所止。有時荷鋤歸，伐木後山裏。閑居無世情，常言皆至理。相與登高樓，明霞散如綺。悠然見前山，遥懷青松子。

## 同甘露子訪青松子

吾愛青松子，結茆得禪喜。開窗對雪山，時見白雲起。即物托性情，會萬爲一體。相與撫孤松，夕照青山紫。酌酒待明月，醉倒甘露子。

## 樓居

高樓百尺青葱間，開窗直收玉龍山。終年無人雪自白，終日無心雲自閑。盈樽有酒露爲液，挂壁有琴冰作弦。偶然得句自怡悦，青天不羡乘鶴仙。

## 賦得丹鳳、白鶴各一首

西方産威鳳，文彩老丹穴。虞廷一來儀，琴瑟鏗然悦。本爲帝王瑞，反遜鶡雀黠。鳳德有何傷，歸來桐花發。

東方有白鶴，丰姿隱海島。琴心三疊時，山水澹然好。本是神仙儔，反增鵁鶄惱。鶴意有何傷，歸來松枝老。

## 梵僧

金沙江上開士至，來從天竺貌奇異。流連邏些三教徒，元八思巴、明迦馬巴、今達賴喇嘛，蕃中三教祖師也。竟無一扣西來意。渡江赤足踏高浪，江水不流風送帔。饑來不食三旬餘，一飲十斗不能醉。相尋誰得來往踪，浮雲一片空中寄。

## 抵家寄楊丹亭

昨辭雪山游，今向雪山返。山中一回望，日落孤雲遠。我有絳雪膏，服之長飽暖。故人意云何，欲以奉一瓱。

## 居怒江

居人怒人，性善俗淳，但飲酒，食饘粥，不識鹽醬肉食。見桃花開爲一年，却不記歲，多壽者。余聞之忘年交和一齋。一齋從其大父一至其地，其大父曾三至，云居、怒二江在維西蘭滄江之西，俱源出蕃地，流入南海。

居江抱日映春田，怒水翻風蕩晚烟。兩岸桃花常報歲，山人不記幾多年。

## 金沙江

江波五月上雲霄，兩岸蕃山積雪消。源許大河分北界，道隨神禹獨東朝。麗郡四江俱源出蕃中，瀾滄、居、怒三江入南海，金沙江入東海。從戎自古難憑楫，行路而今不恃橋。獨怪黄金歸估客，居民歲歲得沙饒。

## 煉丹

煉丹成黃金，可以昇九天。即使在紅塵，金多誰不賢。蘇秦佩相印，始得妻嫂憐。君今有何疾，窮巷長蕭然。

## 竺道三奇

芝雲寺喇嘛他依，由西藏隨梵僧游天竺，六易寒暑歸。偶述竺道事有三奇：一浮塊渡。渡口無人，亦無舟楫，人至，水浮一塊，大約十畝，自來渡人。渡已，塊自浮去；一水火同源洞。在山麓，凡九十九，皆水火齊出。火去洞口數丈滅，水則遠流而冷；一孔雀江。江界極熱，江人以孔雀羽尾爲衣冠，且赤足，亦類孔雀。馬子爲詩紀之。

蕃僧游天竺，歸述途中奇。始說浮塊渡，渡口無舟㵐。連山浪滚滚，愁望風凄凄。巨塊忽浮至，人馬争乘之。漂漂到彼岸，回首塊自歸。更有水火洞，九十九相排。洞口誰嚮邇，百步烟始微。同源有寒泉，流出波漣漪。取火還汲水，旅食於兹炊。終言孔雀江，孔雀水邊嬉。江人赤兩足，盡著毛羽衣。乍見疑孔雀，眩目文彩輝。我聞便欲往，路遠崑崙西。奇景不可没，援筆成新詩。

記夢

飄然而來，皎如明月升樓臺。悄然而歸，凄如遠風過林隈。雲衣香生百花動，寶釵鳳翥文彩輝。攜手欲語未語時，鷄聲鐘聲忽分離。

寄和相平

雨愁來往人，泥斷溪山路。相望倚高樓，濛濛遠村樹。

玉龍山白雲歌

玉龍西來江上蟠，昂首噓氣成白雲。白雲無心若有意，時與白雪相吐吞。日中一片出山去，歸來雪赤山初曛。曾否作雨遍天下，明朝依舊光繽紛。朝朝暮暮雪樓上，人間得失何足云。

再歌

看山愛白雪，看雪愛白雲。高歌白雪曲，相贈雲中君。雲中君，不我顧，歌聲破空雲飛去，招來明月挂高樹。

## 江上吟

東風昨夜開江關，雪山柳枝青可攀。江雲片片渡江水，江上美人何日還？

## 雪樓懷馬福岡丈

獨坐高樓上，飄然興不群。窗含千仞雪，笛破一天雲。前歲故人至，終朝妙語聞。自從江北去，馬住中甸。面壁意何云。

## 月夜

流光滿一室，前峰片月上。獨坐了無事，中庭一俯仰。謖謖松風聲，潺潺澗泉響。即此是蓬萊，何必海上往？

## 雪山

峭拔金沙上，青天一柱擎。飛雲迷野戍，古雪照山城。林外化龍杖，崖邊控鶴笙。仙家多樂事，引領一含情。

## 黑水白水

一水白如鷺，一水黑如烏。口頭澠淄辨，了然鵠與梟。况兹眼中色，詎待智分諸。願君慎習染，可潔亦可污。

## 市雪

雪山時無夏，山市夏有雪。安得千萬船，金沙達楚越。南北紛四布，九州盡解熱。同一清净心，不勞廣長舌。

## 玉龍山神祠

清風肅肅，松柏丸丸。高門積翠，廣殿流丹。興雲施雨，岳外獨尊。輔日代月，照耀乾坤。夏不知暑，冬不覺寒。禾麥時熟，民物清安。每歲孟春〔一〕，脩祀明虔。神其來格，永保斯民。

【校記】

〔一〕『孟』，原作『仲』，據道光十七年初刻本及詩意改。

## 黄山寺松〔一〕

不遠黄山路，時尋晚寺鐘。來攜半輪月，坐對一株松。葉每當春病，陰能傲雪濃。知君有高節，弗願大夫封。

【校記】

〔一〕此詩亦收録於《滇詩嗣音集》，詳見（清）黄琮輯《滇詩嗣音集》卷十九，光緒三十四年刻本。

## 雪山

雪山千里内，日日生清風。獨到雪樓上，衆妙歸望中。不借雲一片，已盡十三峰。端然坐短榻，長嘯天地空。

## 玉壺歌

雪山山靈醉擊壺，唾流珠玉成清渠。渠水净極遠風妒，山雪高絶浮雲怒。潛龍吐珠息波浪，明娥開鏡消烟霧。是時綽約冰肌人，水底山頭樂無斁。風爲車馬雲爲旗，朝游瀛島暮崑圃。我欲從之非仙才，深淵削壁絶人路。願將竹杖化爲龍，騎龍飛上太清去。

## 月下

落盡黄梅暮雨寒，新詩咏罷倚欄干。城頭一片團圞月，何處高樓永夜看。

## 梅花山人

溪南溪北踏春晴，村後村前弄笛聲。昨夜山中風雪滿，不知何處卧孤清。

## 山月

山樓夜更静，明月檐前升。城中亦此月，不似山上清。因感風塵路，勞勞虚一生。

## 玉峰寺聽泉

盡日鳴何意，空庭坐短籬。林間人跡絶，夜半月陰移。不静石危處，相喧竹動時。出山終不肯，衹在白雲陲。

## 游鐵堂雪山中近古雪處，皆名鐵堂。

雪山置身高，鐵堂自俯衆。不是神仙人，到此空悲痛。仰望擎青天，天宇得隆棟。群山狀破碎，銀河聲低送。既無松柏姿，况能桃李種？恒娥開鏡匣，清輝永夜共。回首生雲處，靈窟深如甕。但見白毫光，羽衣群侍從。自顧雪肌膚，冰心離喧閧。惜哉瑶池游，不出白雲洞。

## 夢游雪山

動是白雲静白雪，霓裳羽衣出瑶闕。仙人手持白蓮花，贈余笑問幾年别。醒來擁被雪樓上，虚窗高挂一輪月。

## 雪樓獨飲

山有此樓樓有雪，雪山不動白雲出。雲閒雪古年加年，雪上雲閒日復日。擎杯不覺心跡清，醉來斜日醒來月。數聲栖鳥高枝頭，山水無人意空闊。

## 雪山雜咏六首

### 雪松院

室白山頭雪，庭清松下風。客來春寂寂，一徑落花紅。

### 玉柱碑

磨崖玉柱碑，天半龍蛇綰。日日白雲封，未經俗人眼。

### 白雲窩

結屋白雲間，白雲自來去。高吟月上時，獨立松深處。

### 生雲處

白雲邀我去，忽到生雲處。回望後來人，天風吹不住。

### 寒泉

山中惟白雪，雪上寒泉咽。飲者幾多人，空談味有別。

### 禪窟

雪際開禪窟，窟中人不出。出來欲語誰，坐去一生畢。

## 題畫雪山爲王敬宣

天公本善畫，雪山自殊衆。乃有好奇人，相看敢筆縱。不挂蒼蒼松，初揭重重霧。觀者塵念消，當暑滿堂凍。世上多趨炎，藏之白雲洞。

## 故人寄菖蒲

故人寄菖蒲，欲我千年春。曾聞山澗中，花開大如輪。我今和雪飲，日覺添精神。餘根種巖石，願待同心人。

## 懷傅慎履客阿墩口

阿墩金沙北，江深雪山隔。一去何時歸，歸來髮應白。饑驅易去鄉，老逼難爲策。饔飧重酪酥，歲不知米麥。冬夏自裘氈，身已忘布帛。相别道阻長，相思情咫尺。語君早還家，相從紫芝客。

## 珊碧山

珊碧山在郡城西南十里，山下有天井，水極清深，吉日或見騎牛童子影。天井下有地裂，遍田間皆是，裂中水深不可測，廣一二尺。越之，地隨人足動蕩，止步即定。

天外珊碧山，山下有天井。井底深到天，若見騎牛影。初從地裂來，地爲無人静。足起地隨動，足止地隨定。吁嗟此游奇，終日在虛警。

## 春夢

東風緑盡玉山草，園林花開美人到。相思何必長相歡，人間萬事如夢觀。夢中不知問姓氏，醒來人去花如綺。

## 寒潭有懷〔一〕

一夜東風吹，緑盡潭邊草。不見佳人來，相思望遠道。遠道長相思，何如一見好。夢中神恍惚，又恨鷄鳴早。雙烏翔太虛〔二〕，群魚戲清沼。俯仰難爲情，相思催人老。

【校記】

〔一〕此詩亦收録於《滇詩嗣音集》，詳見（清）黄琮輯《滇詩嗣音集》卷十九，光緒三十四年刻本。

〔二〕『烏』，道光十七年初刻本作『鳥』。

## 夏日

雪樓玉河上，夏日來清風。清風不知暑，山雪疑寒冬。有時雨連日，笑學披裘翁。高僧不見來，遠寺一聲鐘。

## 憶昔

芝峰蒼翠裏，憶昔闢榛荊。樹迴抱藤古，山空流水清。尋花秋八月，聽雨夜三更。何處安禪客，時聞鐘磬聲。

## 口占

一坐高樓不計年，清詩濁酒雪山前。偶然攜杖出門去，相與白雲松下眠。

### 分賦得秋風團扇

團扇似明月，秋風吹不歇。三五蟾光滿，四五兔影缺。天地豈長秋，恩愛不終絶。

### 客有此樓歌

客有此樓常掩扉，清風一徑來往稀。春花秋葉石林下，擎杯不覺心忘機。一琴一鶴日相從，薜荔爲帶荷芰衣。憶昔敝廬先人作，城西突兀横翠微。及今城垣不見址，此樓長貯山雪輝。心同古雪不渣滓，身與白雲無是非。

### 芝山雜咏十六首

#### 解脱林

不染紅塵處，松陰徑底閒。風來聲不斷，度盡萬重山。

#### 石窟〔一〕

山頭巨石懸，石底開禪窟。一坐三十年，寒風生瘦骨。

稿本。

【校記】

〔一〕此詩亦收録於《（光緒）麗江府志》，詳見（清）陳宗海修，李星瑞纂《（光緒）麗江府志》卷之八，稿本。

### 太極院〔一〕

太極高峰上，松風竟日閒。斜陽不肯落，一片白雲還。

【校記】

〔一〕此詩亦收録於《（光緒）麗江府志》，詳見（清）陳宗海修，李星瑞纂《（光緒）麗江府志》卷之八，稿本。

### 無爲庵

雪嶂壓林端，松濤瀉雲表。庵中禪客閑，門外竹陰悄。

### 恭壽臺

孤雲臺下栖，片月空中起。樹杪一行吟，鳥啼深壑底。

### 松風鳴

一山盡松樹，小塢萬株幽。夜半驚雷雨，青天挂月鈎。

### 松石庵

石角護蒼蘚，松枝挂翠禽。庵中泉不語，座上客微吟。

### 空崖窩

徑僻無行跡，崖深不掩扉。山人何處去，澗底汲泉歸。

### 蹲石庵

松陰怪石蹲，苔砌寒泉寂。一扣坐禪扉，微聞清磬擊。

### 面巖居

青苔開一徑，落照入深林。倚仗茆檐下，當巖聽暮禽。

### 翠屏山二首

日出翠屏山，鐘鳴法雲閣。一僧何處來，滿地松花落〔一〕。

月上翠屏山，清輝滿臺閣。山中客不歸，林外疏星落。

【校記】

〔一〕『花』，《（光緒）麗江府志》作『風』。

## 一枝庵四首

庵初無名，余借居讀書。一日，感《南華》『鷦鷯巢林，不過一枝』，乃嘆曰：『人生世間，此身畢竟非有，况立身之地乎？』遂題今名，庵僧可之。

亦是鷦鷯鳥，深林借一枝。山中無伴侣，片月自相隨。

竹静無爲庵，松喧太極院。撫松看竹時，幽徑落花片。

屋上幾株松，階前一池水。臨窗短榻閑，竟日清音裏。

山下霧猶昏，山中天欲曉。高栖莫亂吟，驚起深林鳥。

## 檢詩稿倣綿州歌體

玉龍山，秋雲矗。金沙江，春水緑。春復秋，百年促。作得詩，三萬六。一半入人口，一半入天目。

## 哀歌

有哀子被逐，形容憔悴，泣啼漣洏。馬子爲作『哀歌』，其父悔，養育如初。

父兮生兒，母兮育兒。兒生兒育，母實憐之。兒獨無母，兒能不悲。

## 老歌

有七十七歲老父失養，常嘆年老子愚。馬子爲作『老歌』，其子悔，迎養如初。

父母愛子心，如子愛其子。天下事何難，參觀得其理。父年逾古稀，桑榆暮景耳。幾日受定省，幾日嘗甘旨。君看屋上烏，反哺勤未已。君看階下羔，受乳雙膝跪。可憐毛羽蟲，知恩竟如此。

## 西洋刀歌

風胡不作歐冶死，西洋百鍊行萬里。烏斯藏客來贈余，滿堂豪傑嗟未已。是時更深頻摩挲，黑夜斗橫光氣裏。斬蛟斷犀何足誇，天地低昂舞方起。刀兮刀兮歸鞘中，慎勿踴躍化爲龍。明朝佩爾出門去，飄然江海乘長風。

## 迎官廳雪山俗以占官貪廉。

貪吏來，雲不開。廉吏到，雪先笑。

## 諺語五首

利劍脱手，空有此口。

淘金度日，老無家室。

十指按十蚤，旁人笑絶倒。

農夫治田老，護苗不存草。

湯水浴人兮人黑，飲食浴人兮人白。

# 雪樓詩鈔卷二

## 壬申至戊寅麗江馬之龍子雲

### 别雪山

群山如屏列，玉龍見天半。家居三十年，未曾一日間。今秋將遠别，清顔發一粲。似憐五岳遊，乘興窮汗漫。峰峰白雲起，爲我特相餞。千里一回首，晴空挂匹練。

### 留别親舊四首

西風吹木葉，颯颯辭林梢。不是别離人，當此亦魂銷。而我將遠遊，相送來親交。不行計不可，竟去情難拋。勸君各努力，征馬鳴蕭蕭。

馬鳴雙石橋，河水鳴咽流。旁人亦生感，客子何時休。氣豪萬里近，相顧斯須留。仰看鴻雁飛，歲歲南中遊。爲我寄遠書，到及明年秋。

明秋知何處，旅館寒蛩鳴。此時欲歸去，惆悵傷我情。迢迢金江曲，巍巍雪山横。山雲日落返，江水流無停。豈肯隨流水，願與雲偕行。

雲出非有心，雲歸豈無意。本是一鄉居，誰能久相棄。遊興忽而動，古人亦難制。知有興盡時，翻然騁歸轡。田園有松菊，相托莫蕪廢。

## 黑龍潭尋梅〔一〕

我本雪山客，今年始出遊。相尋有梅樹，高卧向龍湫。昨夜苔封徑，終朝笛倚樓。盤桓當歲暮，不復動鄉愁。

【校記】

〔一〕『尋』，（清）黄琮輯《滇詩嗣音集》卷十九作『覼』。

## 黔山

黔山不與滇山同，十里五里争寵嵸。清晨霾霧不分路，日午人在千巖中。追奔馬後送，羅列輿前逢。一山不須半日盡，老鷹拉邦兩山名。竟稱雄。回首滇山未易狀，大圍千里高凌空。我行鷄鳴自天降，夜深嶺半依樵翁。念此黔山奚足道，艱危不覺勞我躬。旅館酒醉且鼾卧，夢魂雪嶺乘天風。

## 春日舟發鎮遠

客向無窮路，樓停有限杯。扁舟今日始，匹馬幾時回。夾岸千家列，中巖一水開。桃花修竹裏，可是避秦來。

## 長安少年行

誰家美少年，挾彈長安道。仰笑碧雲開，金丸落飛鳥。

## 盧溝橋

日出盧溝橋，橋邊塵不斷。西山積雪晴，何處尋梅伴。

## 正陽門

月出正陽門，門前人未斷。寒宵酒一杯，何處清吟伴。

## 魯連臺

百二秦關破〔一〕，阿房冷劫灰。縱枯滄海水，不動魯連臺。落葉滿空下，浮雲隨望開。千秋經此地，豈但警駑駘。

【校記】

〔一〕『百二』，道光十七年初刻本作『二百』。

## 岱頂望海

昔聞東海水，今上岱宗探〔一〕。赤縣西涯斷，青天一氣含。江波無返日，仙島盡空談。緬想乘桴客〔二〕，臨風吟再三。

【校記】

〔一〕『上』，道光十七年初刻本作『向』。

〔二〕『緬想』，道光十七年初刻本作『何處』。

## 太白酒樓

纔涉夜郎路，心飛到此樓。青天望不盡，客子意何悠。知己生前遇〔一〕，狂名身後留。還將一杯酒，消盡古今愁。

【校記】

〔一〕『生前』，道光十七年初刻本作『前生』。

## 歌風臺

蒯通計果售，天下已三分。得志故鄉返，歡歌十日聞。高臺餘落木，古戍斷行雲。此際思歸客，臨風意緒紛。

## 淮陰釣臺

猛士思何及，王孫逝不回。早知烹狗事，終老釣魚臺。亘古淮流去，長空鴻雁來。登臨多感慨，不獨爲奇才。

## 岳陽樓

登樓快意有如此，萬里長天浸秋水。一聲鐵笛蛟龍驚，黑雲盤礴空中起。大雨平地水千尺，流波滔滔幾萬里。陰翳終消白日出，天水澄霽復如始。欄干徙倚中心悲，重華孤墳何處是。

## 夏日遊嶽麓寺同王養齋

不識觀心處，空庭立短筇。時聞一聲磬，相對六朝松。暑失山中客，雲深望裏峰。勝遊歌復嘯，薄暮酒千鍾。

## 祝融峰

歷盡衡山面面青，登高湘水片帆停。鷄鳴日出扶桑外，多少人間夢未醒。

## 回雁峰尋梅

峰勢作回雁，雁飛到此回。山靈似有意，留客放寒梅。

## 春日合江亭留別

曉景曈曨楊柳春，蒸湘亭下落花津。雲開七十二峰色，江送五千餘里人。酒味深嘗酃渌美，詩情獨愛楚騷真。不知明日挂帆去，何處烟波垂釣綸。

## 分賦得菖蒲

曾向嵩高石，求根欲永年。可憐漢武帝，歸葬茂陵田。

## 洞庭吹笛

平明挂席去長沙，薄暮君山看落霞。無那一聲烟竹裂，洞庭秋色滿天涯。

## 舟發洞庭

湘南湘北尋漁父，自古滄浪有釣舟。衡嶽雲開終爲客〔一〕，洞庭月好正臨秋。無涯碧海揚帆去〔二〕，千里長鯨跋浪游。更倚扶桑看落日，茫茫赤縣遠煙浮。

【校記】

〔一〕『終爲』，道光十七年初刻本作『常作』。

〔二〕『無涯』，道光十七年初刻本作『東風』。

## 秋日黄鶴樓留别

至今黄鶴未飛回，袖笛樓頭吹落梅。西望鄉關千里遠，南來鴻雁一聲哀。秋風城上孫郎蹟，芳草洲邊禰子才。自笑萍踪無定在，明朝又去鳳凰臺。

## 九日琵琶亭吹笛

九日潯江菊正黄，攜尊萬里醉斜陽。琵琶亭上一聲笛，多少離人欲斷腸。

## 舟行望庾公樓

西江瑟瑟荻花秋，一片斜陽滿目愁。玉笛聲聲吹不盡，行人望斷庾公樓。

## 柴桑懷陶公

唐虞肇賡歌，言志是爲詩。詩删有三百，陶句承楚詞。胸中無渣滓，千古明月輝。杜陵性忠愛，出語光赫曦。青天日月出，爝火將何爲。

## 吉祥寺

竟日船窗裏，青山兩岸馳。落帆吉祥寺，把酒菊花籬。返照西江外，停雲共話時。滇僧曾此宿，感我故鄉思。

## 秦淮樓聽琵琶

秦淮月上照歌樓，玉索琵琶怨素秋。此曲傳來從紫塞〔一〕，江南一夜白人頭。

【校記】

〔一〕『紫塞』，道光十七年初刻本作『塞北』。

## 桃葉渡

荒荒桃葉渡，瑟瑟荻花秋。倚杖斜陽外，遥看一釣舟。

## 木末亭

雨斷長干路，雲開木末亭。亭中人不見，江上遠山青。

## 舟中秋興

衡山九面好垂綸，一葉扁舟往返頻。南海天高鵬去路，洞庭木落雁來辰。澧蘭沅芷愁公子，暮雨朝雲誤美人。休道樓空黄鶴杳，猶吹玉笛倚江津。

何來瀑布挂雲間，欲上香爐一破顔。嶺霧曉吞彭蠡澤，江潮夜齧小孤山。琵琶亭自千秋在，松菊園從竟日關。又是斜陽催解纜，輸他飛鳥倦知還。

石頭城下響清碪，游子淒然淚滿襟。鄉夢已隨明月遠，客愁猶共大江深。三山巀嶭青天外，九子蒼茫落日陰。欲覓詩人埋骨處，煙波不盡坐悲吟。

江上青山待客題，西風不斷暮雲低。一秋泛鷁浮天水，萬里飛鴻踏雪泥。浪湧西津通碧海，煙消北固挂晴霓。明朝散髮滄洲去，攜手蓬仙物我齊。

## 金山寺

江天一覽盡，擎杯不覺醉。忽聞鐘磬聲，驚起蛟龍睡。潮來報昏曉，雲去見蒼翠。願借一帆風，題句焦山寺。

## 金山雜咏四首

### 妙高臺

山頭帆影過，臺下海雲生。不見飛空錫，但聞流水聲。

### 頭陀洞

喧騰楊子江，寂靜頭陀洞。客至海雲隨，僧歸山月送。

## 金山塔

一塔風波裏，鈴聲無斷時。坐來忘是客，落日故相窺。

## 中泠泉

人間煙火濁，山上泉水清。一盞酬江月，飄然羽客情。

## 焦山聽潮同妻曉亭

夜氣山中清，海風江上勁。窗竹戛琅玕，遲月行觴政。潮來山忽鳴，僧房亦出定。初似鐘鼓喧，繼如車馬輕。大則轟雷霆，細乃奏笙磬。隱几怡性情，正襟饒趣興。扁舟明日去，竟夜樂清聽。

## 瘞鶴銘碑

遠尋瘞鶴銘，信宿焦山祠。昔年陳太守，始出江中碑。穩置山上寺，佛力降蛟螭。蘚苔洗剔盡，點畫皆入微。或云逸少跡，或以陶顧疑。從此世贋本，不得臨墨池。欺人竟何用，萬事皆如斯。

## 書焦山秋屏法師壁，倣東坡體

法師住焦山，而實未嘗住。東坡句。我見法師來，而實未嘗遇。當來我且來，當住師且住。日落山雲歸，日出山雲去。雲去復雲歸，誰得知其故。

## 登北固山

雲夢吞八九，名山飽千百。南登北固山，停帆金山側。東望滄溟開，波濤壓天脊。思欲游蓬壺，神仙共朝夕。回首大江西，雪山高莫極。出山雲日遠，在山雪日寂。既不驚人鳴，山中且斂跡。

## 試陸子泉

普洱春前茗，惠山陸子泉。一嘗故鄉味，暗數離家年。

## 師山寺月下

風飄雪山月，挂在師子林。一徑踏明鏡，千巖動素琴。思鄉心欲碎，坐獨夜將深。此際梅應放，明朝破霧尋。

### 閶門樓賞雪

近水樹傾折，遠天雲凍裂。雪山深處來，坐看海邊雪。

### 楓橋送妻曉亭歸

攜手楓橋路，橋邊柳色新。不知身是客，猶自送歸人。

### 春夜虎邱山樓吹笛

海湧峰高月滿樓，憑窗玉笛按梁州。東風一夜吹芳草，緑到金江雪嶺頭。

### 春日遊虎邱山

寂寂春城外，匆匆劍水前。梅花纔落雪，柳色已含煙。小阜好泉石，連朝盡管弦。可中亭上坐，日落尚留延。

## 嚴陵釣臺

一覺辭天子，持竿去不回。至今山岩崿，終古瀨縈洄。日日桐江曉，搖搖桂楫來。君看釣名客，不敢上高臺。

## 湖中望山

一泛西湖櫂，何人不愛山。我曾山上宿，猶自望中攀。日冷長松下，雲深修竹間。夜來一僧返，片月照禪關〔一〕。

【校記】

〔一〕『照禪』，道光十七年初刻本作『扣柴』。

## 西湖月下

竟日扁舟裏，西湖夜氣深。孤山一片月，偏照白雲心。

## 西湖吹笛

黄鶴樓中客，西湖月下來。相攜一長笛，吹放六橋梅。

## 抵揚州口占

天台山上飯胡麻，栗里籬邊醉菊花。更向揚州騎白鶴，回頭何處是金沙。

## 平山堂

邵伯未開荷，邗江已緑波。昔人攜客處，空欲看花過。樹密春陰重，山平夕照多。秋來還借宿，履跡認青莎。

## 舟發金山

金江直下白雲間，萬里波浮一點山。山下扁舟人不識，東風吹送塔城關。在金沙江上。

## 雨後重經彭蠡湖口望廬山

前度廬山下，空停彭蠡船。遥懷銀漢水，高挂翠微巔。又值新晴後，相看落照邊。寄言蓮社客，待我白雲眠。

## 聞李西同已削髮

從來天下士，秋葉一身飄。處處隨荒徑，年年别故條。燕都曾擊筑，吴市一吹簫。竟向空門去，何人詩句招。

## 重登岳陽樓留别

高樓重上臨洞庭，白波依舊浮天青。昔日蒼梧二妃恨，至今瀟湘猶有聲。天風颯颯吹不盡，江水浩浩流不平。誰知此情苦，客子髮星星。酒酣興發拔刀起，高歌一曲歸揚舲。

## 玉屏舟次夢中得四句

静如風不起，動若雲無心。聞子有高趣，故來聽玉琴。

## 抵鎮遠題旅壁

捨舟偕落照，小酌客窗杯。笑問東流水，滔滔何日回。

## 夏日度黔山至石虬亭題壁

山自楚江上，三旬出翠螺。到亭黔雨盡，歸路白雲多。炎暑馬前失，凉風天外過。舊題墨痕在，小坐一高歌。

## 歸來詞奉酬劉寄庵先生

鷙鳥不可群，野鹿不可羈。家居忽不樂，游目東海涯。鯨波時時作，岱雲日日歸。先生返已早，不得歡相隨。此行吏豈少，廉吏多心非。常嗟察察智，還笑昏昏爲。東魯先有跡，五華生扣扉。相見默相契，飲我醇千卮。憐我萬里路，贈我連篇詩。今日何以報，略述歸來詞。

## 奉酬劉寄庵先生《西洋刀歌》

少年意氣豪，見刀如見寶。恨無邊城功，致身青雲早。昨夜斗牛間，光燭張公瞭。賣刀買耕牛，此言進我道。會當歸故山，刀耕種瑶草。

## 從劉寄庵先生即園小飲，同郝大來、史明之、楊丹亭、馬駟房分得『竹』字

秋風騷客招，殘暑秋風逐。即園開秋花，攜尊就叢竹。老子興不淺，先歌郢中曲。令我長笛聲，穿雲振林木。相忘爲客情，滿徑秋雲緑。

## 和劉寄庵先生咏菊

徑底栽修竹，竹陰種寒菊。花開有客來，坐對斜陽緑。

## 觀陳海樓明府所藏趙子昂硯

海樓本書家，收硯盡前代。此物出元人，爲銘刻其背。出入干戈際，來往南北界。山河既云改，書畫猶稱快。知君愛惜心，祇在石清介。

## 從劉寄庵先生大觀樓吹笛，同張亮功、朱麗川、李藝圃、楊丹山、李即園、池籥庭、戴雲帆、馬駟房、牛含萬、鄧點與分得『樓』字九月二十四日。

憑欄昆水秋，仙侶同畫舟。中有三江五湖客，始辭岳陽黄鶴樓。先生愛我吹玉笛，風起雲飛蛟龍愁。波濤倒流三百里，太華千仞隨鷺鷗。是時眼前洞庭水，胸吞萬里長江流。須臾山定水還舊，興酣落筆詩相投。先生仰首發微笑，梅花一片杯中浮。

## 黑龍潭訪梅

黑龍潭上催花雨，五老峰頭落葉風。走盡天涯來訪舊，一枝相對夕陽中。

## 劉寄庵先生邀泛舟近華浦，登大觀樓飲作贈

倦遊司馬歸依劉，萬里初停湖海舟。先生知我把釣罶，近華浦上備蓑笠。又慮千里思家鄉，坐我高樓看汪洋。樓當大風欲飄去，置向雪山生雲處。是時池底潛龍眠，老蛟赫怒波如山。興來一盞横鐵笛，風平浪静秋色碧。先生欣然詩已成，連篇滚滚銀河傾。歸舟岸上更沽酒，五華月待先生久。

## 一輪月五華樓別劉寄庵先生

碧鷄金馬一輪月，流光竟夜催離別。君留金馬山，我出碧鷄關。行行招月雪山頭，蕭蕭坐月五華樓。樓前碧樹山頭雪，一輪月伴孤影絶。

## 别史明之

士何必舊識，一見如故交。交何必常聚，相愛如同胞。昔別梅花放，攜酒臨清朝。兹會叢桂開，座上香風飄。所喜皆無恙，得失輕鴻毛。明朝又作別，班馬聲蕭蕭。

## 抵家日作

萬里還家樂，明朝又立春。真看老梅樹，昨夜夢歸人。白髮重闈健，殘年弱弟貧。門庭賓舊去，窗外月如銀。

## 玉龍山

蕭蕭落木塔城關，幾樹梅開玉水灣。海岱烟雲留不得，歸來依舊卧龍山。

# 雪樓詩鈔卷三

## 己卯至丁亥秋 麗江馬之龍子雲

### 齋中對雪山，懷劉寄庵先生、戴古村

雪山離別久，今夏得相看。萬里壯遊返，高峰白日寒。生雲連竹徑，帶雨潤花欄。恨不邀劉戴，閑窗共染翰。

### 寓黃山寺題壁

粲粲花間千仞雪，青青竹裏一聲鐘。深山正好和雲卧，不必尋詩策短筇。

## 送馬相園歸

食實當樹李，忘憂當樹萱。朝來暮別去，去去復何言。

## 石寶山寶相寺 劍川

萬壑參天路阻修，停輿立馬望增愁。梯因樹折通人履，崖作雲崩壓寺樓。鍊液仙還丹竈熱，觀心客去石房幽。剛風不斷吹衣袖，願接盧敖汗漫遊。

## 老桑樹

劍湖堤上老桑樹，不知何年植雨露。此方從不養春蠶，柔條零落有誰顧。紛紛霜葉充藥囊，洗余老眼掃烟霧。目光直射青天外，獨立蒼茫悲秋賦。

## 西村田家飲，同馬德遠

老桑枝上秋風起，樓頭坐對劍湖水。連朝不懌風雨頻，趁晴相攜過鄰里。青山隱隱半規日，茆檐共酌菊花裏。衰嫗焚香拜古佛，老翁無事弄孫子。析薪新婦初歸來，洗手作羹蔬味旨。吾輩窮愁胡爲乎？有愧山村歌樂只。

## 留别楊雷門、張無隱、楊守園、楊昶如、馬德遠

晚歲梅已放，深杯客不辭。人生歡聚會，何事苦分離。長笛頻吹處，斜陽欲盡時。明朝應念我，獨坐雪山陲。

## 度城西坡

峻嶺接青天，憑虚出劍川。風疑虎嘯發，雲任馬蹄穿。細路惟尋石，高巖不得泉。忽聞樵唱響，已到鶴城邊。

## 山中寄劉寄庵先生

朝卧雪山雪，暮看雪山雲。山雪日以古，山雲日以新。安得籠雲雪，馳贈千里人。

## 沙雪湖明府雪中遊雪山玉柱碑所作贈〔一〕

江頭昨夜雪山裂，衆山分得雪山雪。點蒼詩人興不凡，擎杯仰看碑嶄巖。剛風拔木横山路，

前後行人隔烟霧。高峰不動寒日沉，笑謂玉京我將住。

【校記】

〔一〕『沙雪湖明府雪中遊雪山玉柱碑所作贈』，《（光緒）麗江府志》卷八作『雪中游雪山玉柱碑所作，贈沙雪湖明府』。

## 北林集咏十八首

### 過夏

沉沉夏木陰，落落山禽語。倚杖欲清吟，遠山過微雨。

### 尋梅

積雪千山霽，寒風一徑吹。梅花纔有信，林外少人知。

### 曉行

曉日照林端，人家蒼烟起。抱琴過小橋，倚樹聽流水。

### 晚眺

攜笛雙石橋，晚上黄山寺。回首望平林，人家在蒼翠。

## 題壁

林北晚雲歸，林西明月上。林中人未眠，一夜風泉響。

## 清溪

獨到象山下，清溪石上眠。相看雲一片，薄暮雪山還。

## 至林深處同馬德遠

携客遊北林，林深路多變。溪風不住吹，花落無人見。

## 賞梅

睡起梅已醒，相看欲一醉。清吟過小橋，橋畔酒香未。

## 題楊竹廬壁上

數間臨水屋，繞屋生寒竹。竹徑有誰來，抱琴歌一曲。

## 題木孔軒壁上

晚年道益孤，惟種歲寒竹。竹接隔溪松，青蒼滿一屋。

**賞梨花寄李仁山**

香生明月中，夢續梅花後。何處洛陽人，洗妝一尊酒。

**墓間同傅慎履、張振霄飲**

纍纍荒草墳，貴賤賢愚等。不醉手中杯，空勞世上醒。

**泉聲**

空山人不到，泉響亦玲瓏。自有知音在，林間落葉風。

**玉泉寺**

言尋玉泉寺，曉日上峥嵘。時遇採樵子，空山落葉聲。

**吉瓦村**

行盡玉泉林，尋源至吉瓦。盤桓不見人，日落歸牛馬。

**晚歸**

侵晨山北去，薄暮北林歸。林鳥已栖定，帶月扣柴扉。

## 對菊

春蘭芳幾日，秋菊粲東籬。把盞復吟句，林梢月上時。

## 雪山

林葉有時飛，林花有時絶。相看不相離，衹有雪山雪。

## 哭沙雪湖明府

點蒼賞雪忽思我，遠遊欲共雪樓坐。時余西去遊劍湖，歸來除夕燦燈火。見面未吐離別情，各談舊跡東南溟。四座如見水天景，深杯不覺皆酩酊。南海詩卷果奇絶，北林梅放笛聲裂。人生難得一百年，十年一會暫歡悦。來朝相送七河關，邀我明年蒼珥間。豈意伊人逝不返〔一〕，含悲空望點蒼山。

【校記】

〔一〕『逝』，道光十七年初刻本作『遊』。

## 寄劉寄庵先生雪山石

雪壓天半白，山過江底連。波聲不斷處，奇石擎一拳〔一〕。一拳何足重，千仞見眼前。不必勞屐杖，雲氣生几筵。位置我夫子，當在巖壑間。風晨與月夕，相對哦新篇。

【校記】

〔一〕『擎』，道光十七年初刻本作『得』。

### 馬蘭癡少尉畫蘭

一幅靈均雜珮花，攜來九畹失烟霞。勞人正好床頭賞，不問深山石徑斜〔一〕。

【校記】

〔一〕『石』，道光十七年初刻本作『野』。

### 芝山寺殘牡丹

春雨春風古佛臺，僧家懶看牡丹開。牛酥不讓輿平美，落盡花時客亦來。

### 雪山歌贈孫芥圃廣文

廣文官冷不怕冷，芥圃身老不服老。思遊雪山乘白雲，白雲深處採芝草。玉柱擎天天不動，鐵堂壓地地欲倒。夢中一至醒來時，猶覺神清銀海皓。君今問路何日行，我已裹糧願君早。

## 玉泉寺賞雪

玉泉寺裏看晴霞，昨夜春風散六花。解事山僧煎雪水，擎來一碗趙州茶。

## 雪山

老君叔季伯崑崙，太白峨嵋詎足言。雪液年年添渤海，山光日日先朝暾。尋詩借杖頻開徑，卧病看雲獨閉門。安得吾廬移絶頂，往來無熱與無煩。

## 雨中寄桑澹亭

六月終月雨，七月猶未歇。拂面風如刀，山上知有雪。一樽閉門坐，得句亦清潔。明日相見時，窗中玉峰列。

## 採石

興來即開門，行盡雪山野。片石忽相逢，携歸古松下。

### 中秋不見月，懷楊丹亭

安能坐天上，下視明月光。浮雲既不到，永夜聞桂香。故人別來久，萬里遊帝鄉。不知此夜月，可得凭欄望。

### 雪後寄方夢亭廣文

紙窗雪後開，寒雀啄蒼苔。對酒不成醉，悠然明月來。月來遊興動，欲訪山上梅。今宵有幽夢，樹下同徘徊。

### 答桑沁亭《西洋刀》詩

恩怨生平少，斯言獲我心。蕭然秋水黯，久矣寶光沉。解去休沽酒，携來且伴琴。有時豪興發，斫地一悲吟。

### 索王彥雲畫牡丹

癡想名花永不殘，一雙青眼四時看。聞君妙得徐黃法，肯使春光冷畫欄。

## 謝劉寄庵先生《雪山歌》

雪山有奇色，無人空自美。詩到如人到，山喜得知己。山愁我亦愁，山喜我亦喜。我今代山語，寄謝劉夫子。

## 玉泉寺贈行脚僧

山中虎豹豪，水底蛟螭惡。咫尺不須行，迷陽傷汝脚。

## 寄劉寄庵先生雪山詩卷

山雪日趨古，山人日趨潔。回首紅塵中，冰心向誰説。潭西草堂翁，試持對明月。

## 玉泉山樓讀書，孫雨帆邑宰携樽見訪

飛來一騎探新詩，蒼翠樓中獨坐時。晚飲何須愁市遠，行厨早辦酒如池。

## 書壁

梅花纔落玉泉山，柳色青青古路灣。百尺高樓吟獨自，携琴海客幾時還。

## 咏水仙花寄王滙九明府

着葉低烟晚，托根淺水春。今宵明月下，何處看花人。

## 春日玉泉樓寄木愛南

春日吟成不見君，春風春雨酒微醺。西疇士女吹青麥，晚寺樓臺卧白雲。

## 春日玉泉樓寄榆城楊丹亭二首〔一〕

十九蒼峰雪後奇，相看幾日遠相離。玉泉樓上吹長笛，又是榆城折柳時。

雪嶺雲陰接點蒼，鳥飛不到路真長。東風一夜吹晴後，兩處山城買雪嘗。

【校記】

〔一〕『二首』，原詩無此二字，據内容補。

## 雪山歌送孫雨帆邑宰

雪山最高潔，王侯不得取爲友。山雪更清寒，貪吏不敢昂其首。浮雲一片天上來，文筆山名注雨蛟龍吼。山下田畝盡漂没，卌年不報誰之咎。力使流離得其所，無田有税者，孫爲報免。雪山坐對一杯酒。明朝相送東原橋，橋邊折盡幾株柳。

## 别玉泉山樓

明日相攜琴鶴去，今朝眷眷是泉聲。樓中日月同今古，天上風雲變雨晴。幾度名花添飲興，多時碧樹滿吟情。青山待到登高節，更著芒鞋絶頂行。

## 自玉泉移寓西城

山居知不易，用盡賣琴錢。稍喜來西郭，無殊在玉泉。烹茶新雨後，得句晚風前。客散留明月，南窗伴未眠。

## 李鑒泉別駕見過，訂明日遊寒潭

自是林泉性，常同木石居。今秋寓西郭，竟歲讀奇書。座上尋山客，門前載酒車。寒潭還有約，明日去觀魚。

## 贈竹廬子

山北竹廬子、山東雪樓子常相會於黄山寺，先至爲主，後至爲賓，先去爲賓，後去爲主，迭爲賓主，相忘山中。山僧青松子，亦能忘二子之爲賓，而己之爲主也。雪樓子爲此詩贈竹廬子，青松子附焉。

君喜山東風，我愁山北雨。山中風雨時，杯酒互賓主。山靈不見憎，山鬼莫敢侮。山僧亦可人，相忘成相與。

## 失石

採石雪山隅，一拳遇中路。取來寄樹旁，忽作雲飛去。

## 十六夜又望月同張懋德

明月不欺我，浮雲不礙君。從來望明月，多少怨浮雲。

## 銀杏樹

銀杏大樹黄山前，氣穩如山根石蟠。千年閲盡盛衰事，東枝鷄鳴日一竿。雪山有鳥半空下，繞樹三匝無枝安。翻風高舉從鳳凰，梧桐何處高千盤，使我悵望浮雲端。

## 冬日懷楊丹亭北上

昔年芳草路，我歸獨遲暮。今日風雪中，故人相别去。登高望遠天，千里結寒霧。獨坐愁黄河，冰堅不可渡。

## 病後

舊橐黄金盡，新愁白髮增。無才甘寂寞，多病憶親朋。笛破蛟龍駭，刀存鬼魅憎。夜長知不寐，吟罷復挑燈。

## 得劉寄庵先生書及新作《膝上草》一卷

常期佳會再，望望意何如。兩地愁千里，終年達一書。天災仍苦避，地僻少安居。細讀新編竟，晴窗片月虛。

## 雪後望雪山寒甚作

雪山冬日誰能遊，金沙千里冰斷流。五銖之衣總無用，貂狐地上營重裘。天若輟冬人盡暖，吾獨凍餒心無憂。恨殺后羿誇射手，安得十日還九州。

## 玉龍山歌寄劉寄庵先生

雪山遥望蟠玉龍，山南舊宅生清風。有雲有月最相愛，無求無與長相從。韓愈自喜衡嶽見，蘇軾曾誇海市逢。彼乃遠遊差快意，况又禱請憐龍鍾。始知彼蒼獨厚我，受用山雪無夏冬。新詩搜奇應萬句，綺語未必非空空，千里試問潭西翁。

## 正月三日疊『舊』韻

向晚城頭落照殷，東風不斷入江關。新烟漠漠籠初月，舊雪離離綴遠山。白髮無情中歲老，蒼天相愛壯時閑。年年此日哦詩就，獨對梅花一破顔。

## 玉壺行

銀河水漏媧皇天，玉壺注滿涵雪山。壺公佩之不肯捨，幾時擲向白雲間。我得晨夕玉壺側，恬然一覺忘歲年。天地如泡復如影，功名富貴真浮雲。

## 雪山石寄王蘅塘

山石忽作雲，奔騰不肯住。雲還仍爲石，碨磥得相顧。故人千里書，求石雪深處。得之呼爲兄，携歸已薄暮。山靈固不惜，山鬼竟生妬。風雨夜破廬，蓬蓬塞曉霧。三歲藏櫝中，日夜勤保護。祇愁既飛來，一旦復飛去。寄君置高齋，領取邱壑趣。乘興圖其真，慰我常思慕。

## 望雪山

一十三峰雪，晶然照遠空。雲霞生自異，土石退無功。蠒草長春日，崖花太素風。何時披鶴氅，登眺盡寰中。

## 玉峰雜咏六首

### 牡丹樓

花樹與樓齊，春風正三月。芳心自厭塵，開向雪山雪。

### 寶鏡池

寺前水一池，寺後茶千樹。春至落花紅，銜魚驚白鷺。

### 孤松庵

朝日照高崖，崖深鳥語緩。庵中不見人，户外孤松懶。

### 茶屏庵

夜至結禪趺，朝來披鶴氅。千花火焰紅，一點冰心賞。

石泉

潺潺何處來，石外知音罕。鈎月挂峰頭，蕭然塵念斷。

異鳥

山下少閑人，山中多異鳥。鳥啼人不來，幽徑落花杳。

對盆竹

憶昔風來叢竹驚，翩翩如鳳翔紫清。園林相伴此君住，一年何日無吟情。而今容膝數間屋，安得三分水雲緑。盆中斜倚瀟湘姿，終朝坐對如槁木。

一身

一身爲孤雲，日遊雪山下。六月不知暑，清風誰似者。聊爲白雪歌，不恨相和寡。

喜晴寄張懋德並陶詩集

未雨常苦熱，既雨又苦冷。况我多病軀，深居獨偶影。元亮真高人，游心豈常境。所懼非飢寒，斯語願同省。

### 楊守園見訪作贈

夏日苦炎熱，相見生凉飆。去年我書去，偏值殷洪喬。書中有所約，相會金華椒金華山在劍川。金華月明夜，萬籟收刁刁。回頭望雪嶺，一片白雲飄。遂偕無隱子張無隱，劍水摇仙舠。或醉仰天笑，或賦臨流豪。或狂吹玉笛，驚起潛龍蛟。蛟怒興惡浪，龍喜騰碧霄。此遊竟不遂，山水空見招。今君莫遽返，且看榴火燒。

### 楊敬庵借讀陶詩三日

爲有陶家集，清風滿草廬。借君三日讀，是我百年書。晉宋人殊尚，羲黄世共居。一觴對籬菊，千載可能如。

### 重遊文筆山連日雨

五岳遊歸尋野徑，雖小邱壑亦有勝。西郭西南文筆高，峍崒千尋入手稱。山靈厭我酒中賢，湫龍恨我書入聖。飄風疾雨無虚日，坐卧佳處盡泥濘。鸞鶴舊侣安在哉，題句高巖洗已净。一木一石手安置，倒壞不堪墮地甑。空中浮雲不可常，世事變遷孰能定。揭來西上崑崙山，王母謡成相和贈。

## 雪山操

雪山嵯峨兮，山雪玲瓏。生長於斯兮，志潔操隆。東下泰山兮，西上華嵩。北遊恒嶽兮，南登祝融。回余馬兮江南，懸吾車兮河東。弔影而獨處兮，吾將誰從。

## 壽星亭過夏

一歲過去促，一日度來延。一日抵一歲，百歲三萬年。長日此閑坐，何必求神仙。秦皇與漢武，驪山茂陵田。

## 檢劉寄庵先生寄詩，悵然有懷

秋風挾刀劍，刑花罰草木。秋雨生齒牙，齧瓦穿墻屋。悲哉秋客心，懷人千里獨。一歲來一詩，句句精神足。安得侍清吟，籬邊共採菊。

## 買李子

夏市珍果夥，傾囊買李子。清脆醒肝脾，蓬蓬填氣海。憶昨花開時，偏宜皓月裏。練帶垂縞裙，明妝濯秋水。願招素心人，晶盤共甘旨。更對雪山雪，清寒透骨髓。

## 寄孫芥圃、方夢亭、任庾山、吴雋庵四廣文

世上勞人耳，喜憂皆白頭。興來遊海岳，路盡返林邱。地暖秋摇扇，山寒夏擁裘。衡門無一事，願與共歌謳。

## 移樽訪沈湘浦，曾和齋預寄

已近重陽節，天晴不可期。莫違鷄黍約，共就雨風詩。酒借白衣送，飯加黄菊炊。知君嵇阮趣，還得一琴隨。

## 九日齋中獨坐

又是重陽節，茱萸酒不辭。登高無處可，落帽免人嗤。秋客難求侶，山城易得詩。何來一

枝菊，坐對夕陽遲。

## 長至前三日，得寧州書並詩作答

前年病終歲，今歲春交秋。秋中病始退，秋末氣始遒。冬初日南望，書去疑沉浮。今朝乾鵲噪，忽得雙鯉魚。未讀不勝喜，既讀反增愁。吾師固耄耋，精力少壯猶。時時作詩句，句句蟠龍虬。一生不識藥，何謂病已瘳。離居身俱病，千里各白頭。九年不相見，千書枉相投。安得生羽翼，凌風到寧州。

## 長至前一日，度西山訪張懋德

明日日長至，今日不覺短。遠度西山西，凍滑馬蹄緩。山枯野容丹，水浄天色卵。入門竹偏緑，聽泉塵可澣。徑花出時界，盆柏辭巖窾。弟子十餘人，執經朝夕伴。冒暑我一來，破寒門再款。城中梅花時，携手莫辭懶。

## 至日

年暮壯心苦，途窮客跡罕。閉廬抱膝坐，一庭紅葉滿。去冬病軀瘦，重裘不覺暖。今年似寒減，喜看灰飛管。俯仰懷所思，飛雁天邊斷。

## 月下雪山歌寄劉寄庵先生

天既拆散白玉樓，地忽構出燭銀峰。金烏西飛玉兔繼，光輝照耀巉巖東。此時山上羽衣客，逍遥會有吟句工。我歌白雪欲追和，萬籟無聲天地空。四十四年食古雪，心脾瑩澈生清風。世間不知有塵垢，山中無數烟霞踪。詩成往往衆人笑，囊封遠寄青藜翁。

## 夢至潭西草堂

潭西原未到，忽立草堂東。竹徑山雲緑，花欄夕日紅。清吟倚藜杖，默坐侍奚僮。最好盤桓處，寒梅一樹風。

## 觀葉西屏邑宰《寶刀歌》三首〔一〕

雪山初霽放衙畢，披褐客來談竟日。鞘中寶刀豪傑心，拔出秋水滿堂溢。風雷鼓槖初鍊時，百神捧爐降太一。居心不是端正人，對之難免舉措失。神物豈終混凡劣，何爲彈鋏長太息。

我有寶刀無用處，霜鋒綉澀不堪御。時時夜深鳴匣中，若渡延平必化去。君有寶刀宰郡縣，良民歡喜刁民懼。一來北塞一南海葉刀二，蛟斬於穴虎剬路。我刀君佩光彩新，上决浮雲下批霧。君刀我佩塵土封，狐兔相欺鴟鴞怒。從來利器貴得用，當時收功後世譽。太阿龍淵非其人，地中埋没氣空吐。君看我刀能不慨，耕田析薪給朝暮。

邑侯腰間三尺兵，光芒萬丈新發硎。入霄出土龍變化，梟獍血漬猰貐腥。晝驚風雨夜泣鬼，荊軻聶政誰敢迎。書生膽量大於身，摩挲嗟嘆歌三成。歌三成，淚縱横。

【校記】

〔一〕『三首』，原詩無此二字，據内容補。

## 贈葉邑宰登文筆山、獵象山各一首

見我詩中文筆陡，乘興攀藤繼其後。是時雪後風尤狂，日光不到山陰久。飛巖木石皆倒懸，埋雲龍虎静不吼。何來傑閣凌高松，松聲謖謖出山口。壯哉此遊不避險，雲端一笑空所有。

昨日問天口，今日射雕手。圍開象嶺連獅山，玉龍千里看鷹狗。獲多獲少人不知，士卒奔騰衆山吼。從客舉杯歡未畢，單騎回衙日方酉。惜哉我病關柴門，跛牂不得從驥後。

## 病後對鏡〔一〕

明鏡出舊匣，中有容顔新。覿面不相識，如遇久別人。有老初不信，病及誰相親。勸君且莫嘆，從無不壞身。世間盡如幻，衹有無我真。

【校記】

〔一〕此詩亦收録於《滇詩嗣音集》，詳見（清）黄琮輯《滇詩嗣音集》卷十九，光緒三十四年刻本。

## 訪沈湘浦作贈

春山帶餘雪，輝映文筆峰。峰尖忽雲散，霽色歸房櫳。案頭有何物，法帖顔魯公。官齋一以暇，日用臨摹功。筆鋒紙背透，深巖垂古松。爲學殫精力，世好徒貌工。喜君池水黑，佇望騰墨龍。

## 哭李即園

百歲光陰短，十年離別長。投書怪無報，聞訃嘆先亡。死後詩千首，生前酒一觴。招魂不可得，何處騎鯨鄉。

## 白馬潭賞海棠

神仙遠隔浮雲端，春風相送臨江干。世間桃李信粗俗，願作奴婢旁侍難。況有澄潭百尺緑，照影翻紫珠團團。飛塵埋霧喜不到，顛風惡雨愁相殘。安得管弦借月府，一曲霓裳破春寒。

## 又

初來日落花欲睡，詩未成篇酒未醉。再到花醒花力微，草色鋪青柳圍翠。今宵乘興不須燭，趁月照花花不寐。花夢從古無人知，鳥聲似説花情致。花難得紅人易老，將歸不歸看再四。明年空山咏梅後，雙柑斗酒我先至。

## 招木愛南

清晨踏落花，獨坐理琴操。好友如明月，日中盼不到。

## 夜對瓶花

樹上曾相識，瓶中别有姿。夜來花睡去，應夢我題詩。

## 螢光照字

天上月難借，人間火未臨。飛來螢一點，照見古人心。

## 明日兒生日〔一〕

明日兒生日，今日兒含悲。母在兒身健，母逝兒求醫。去年臟腑變，今年筋骨疲。兒病母所苦，母苦兒今知。兒病愈有日，母逝歸何時。

【校記】

〔一〕此詩亦收録於《滇詩嗣音集》，詳見（清）黄琮輯《滇詩嗣音集》卷十九，光緒三十四年刻本。

## 玉山别業寄王運昌

江上百年跡，城中兩度春。春花開復落，老却玉山人。

## 吹笛

山似列屏烟似紗，金沙江上日輪斜。高樓有客吹長笛，一夜春城盡放花。

## 遊山

策杖白雲深，深山無伴侣。相逢石上泉，似共老松語。

## 木愛南携酒至，同飲

乞酒原是我，醉歸却是君。世間同一醉，醒者何足云。

## 白飯二首〔一〕

丁亥余病，更衣數月，百藥不效，乃日食白飯〔二〕，屏絶一切蔬肉。二十日病痊，識以詩。

肉食既脾瀉，蔬食又腸滑。不食難終朝，白飯覺清拔。避穀聞有人，千歲真氣活。

禍從口中出，病從口中入。斯語豈盡然，省之亦有益。更得心無憂，身安自無疾。

【校記】

〔一〕『白』，道光十七年初刻本作『米』。

〔二〕『白』，道光十七年初刻本作『米』。

## 讀李即園舊年所寄蒼、華二集，凄然有作

積雨屐聲絶，閑居思友倍。十年一别久，重逢不我待。辰巳兩年詩，篇篇舊貌改。句句出心坎，字字血痕在。此後五年作，誰爲寄今亥。可憐人命短，莫非作詩罪。空言罪何有，天意不可解。

## 讀劉寄庵先生昏黑行有感

憂處何足憂，喜時亦如是。我昔年十三，遊歸家可指。望望頹陽昏，顛倒迷途裏。忽低陷千尺，忽高上百雉。下馬依僕行，身傾足難使。踐實穩前步，探虚亂後趾。忽聞犬吠聲，生路自此始。扣門被傖罵，有誰救將死。行看火光至，相見尚疑鬼。聽言三載前，君家效微技。曾見君讀書，伊吾且嬉戲。乃悟舊相識，相隨得栖止。一卧無所思，日中不能起。起來問大道，已誤三十里。歷觀夜行處，但見平如砥。千艱一旦化，大笑冷牙齒。適讀潭西詩，童叟有相似。先生感行藏，後生空憂喜。

## 初秋，得沈湘浦爲余覓得昆明城中梅花客舍書

想是風騷客，梅邊結草廬。行當携野鶴，住即放疲驢。便好尋詩贈，何愁卧雪居。秋風花尚未，預得一函書。

## 中秋夜不見月

人愁中秋不見月，我喜月不照離别。世間自古多情癡，天上何曾有佳節。多事鄰家不肯眠，仰天直到星河没。

## 九日懷劉寄庵先生

又是登高節，誰同看菊花。幾年勞夢想，此日好烟霞。地僻知相似，杯深漫自誇。有書欲寄雁，不見一行斜。

# 雪樓詩鈔卷四

## 丁亥至己丑

麗江馬之龍子雲

### 别玉龍山

玉龍昂首天咫尺，遠視滇池照影白。山人去泛秋水船，回頭但見雲奕奕。山靈莫惜山人别，山鬼莫壞山人跡。鸞吟鳳嘯風月佳，山人心向峰頭立。

### 别松

山中處處松，蒼老莫如此。可肯變爲龍，相隨遠游子。

## 别菊

佳菊如良友，相逢輒舉杯。明年秋節至，空向雨中開。

## 龍尾關望雪山

雪山四百里，送我出龍關。回首一長望，白雲相與還。

## 安南關望雪山

巖關高路寒風吹，龍山馬上雙峰奇。是雲是雪看不定，凌空千里還追隨。請君試看今時交，依依之情孰若斯。

## 至潭西草堂，呈劉寄庵先生

山行遠見蒼雲堆，到門林竹排參差。且喜徑底有寒菊，早梅花放當夕暉。先生驚嘆子老矣，昔面無皺今有髭。若於他處忽相遇，姓名不通安得知。夜來僕從鼾息卧，紙窗片月來相窺。先生危坐不知倦，八十老人誰若斯。明朝縱談舊日事，囊穎脱出文與詩。雕肝琢腎有何益，鬼神驚怖無人奇。先生欣然把卷看，贈我佳句頻敲推。同心豈遠二千里，悠悠十載空相思。

## 清晨

清晨花竹間，昨日風塵裏。已到故人家，故鄉何處是。

## 奉酬寄庵先生贈什

雪山明月還作伴，潭西草堂興不淺。寒梅窗外横一枝，吟罷對卧清夢遠。東方初白吟筇至，苔徑已開落葉滿。先生笑立披鶴氅，清詩在口梅在眼。待余持去歸雪山，句比山月光莫辨。

## 和寄庵先生弔浣江小橋梅樹

浣江小橋老梅樹，年年花開流水渡。先生愛此居橋頭，十月先看一枝吐。何來刀斧新發硎，截犀斷蛟血不污。是日天地愁無色，風雨飄擊雷霆怒。先生聞之著屐來，痛哭莫救仰天賦。賦就客自雪山至，指點虬枝僵仆處。名園古刹二三月，桃杏紛紛競相妬。豈肯妄許媚春色，冷筇不涉炎熱路。獨於寒梅情不禁，一年吟咏百千句。弔梅句句嚴春秋，千載賊人敢不懼。

### 贈劉醒園雪山石

人自雪山至，拳石揚清輝。草堂日正午，衆客寒生衣。相贈何足貴，同好心無違。

### 潭西草堂同劉雲門、劉醒園、李翊清待月

斜日没西山，餘光猶作綺。山東月未升，氣已入堂裏。疏星澹平林，微雲渡潭水。三四同心人，夜闌話不已。

### 浣江小橋

風聲催落木，日色共寒山。不見梅花樹，小橋流水潺〔一〕。

【校記】

〔一〕『潺』，道光十七年初刻本作『閒』。

### 從寄庵先生游山，至潭西舊廬側歸

潭西山盡好，竟日浣江邊。停杖舊廬竹，尋梅荒徑煙。夢應先鶴到，情每借琴傳。未及巖

深處，明朝更聽泉。

## 早起梅花下待寄庵先生

參横月落東山暾，梅花數點霜滿園。詩人栖鳥似同夢，鳥飛人立寒煙村。會當老子亦高興，尋余樹下攜芳樽。

## 劉醒園惠木瓜酒

東魯木瓜果中美，君家藏釀善無比。一壺贈我强天漿，醉歌梅花竹葉裏。嗟我去年得新病，右臂左股滯衣履。調護起居至今日，足已如意手難使。求藥選方讀本草，醒脾舒筋木瓜以。雪山最難得佳種，心向海岳輕萬里。天特使君廿年前，移栽潭西竹徑底。春雨秋露歸冬瓶，泥封一開百疾已。惟願年年厥陰運，五臟不愁肝風起。投瓜報瓊空懷慚，高歌一曲客醉矣。

## 欲游潭東諸山，呈寄庵先生

蚤起潭西客，潭東積翠延。攜琴敢隨後，問路欲争先。日色寒江外，風聲落木邊。梅花應滿樹，昨夜夢相憐。

## 别寄庵先生

凄凄寒日照高樹，蒼蒼竹徑濕朝露。門前小立梅花旁，相對草堂不肯去。前行反喜山路高，時時回首緑雲處。

## 贈楊嶰谷

宿緣何妨見面晚，一見交情已繾綣。我游珥水君遠行，君離雪山我乃返。壯時耽吟到君家，主人楊翁紫笈七步賓沙雪湖八叉。三十年來裹雙足，今日財得觀雁沙楊母詩集名。西蜀才子楚騷客楊蓉渚，所園一集楊叔仲垣詩評無差。一門風雅不易得，君更知醫救人急。請看多言多病身，何時丈室安且默。

## 懷劉寄庵先生

乘興華山巔，驢邊一壺掛。醉歌望遠天，浣江風雪外。時無王摩詰，誰爲孟公畫。

## 寄劉醒園

一面十年前，重逢千里外。不及雪山石，伴君高茶砦。

## 答楊鑒齋泛滇池，游太華山歸見贈，時余病不赴約

游山客至笑相看，秀色眉間尚可餐。滇水倒流吞野闊，太華峭立入雲寒。烟霞聚散一杯酒，日月浮沉雙彈丸。休問岱宗觀海事，病軀已愧九霄翰。

## 哭劉寄庵先生

嘉慶戊寅秋，余自江南歸，至昆明，訪朱生於五華書院。冬，辭歸麗江。道光丁亥冬，重訪先生於寧州潭西草堂，臨别，先生約明年春初會於昆明。至期，先生家疫歿者十日九人。先生以戊子正月六日，無疾而卒。十八日，昆明旅寓得訃。嗟乎！五華别後，音問詩歌，往來不絶，及此一别，音問、詩歌亦不可得矣，豈不痛哉！

疇昔相思二千里，欲見不難越山水。而今相去咫尺間，有情不得通生死。死者十日便九人，生者僅存一孫耳。青山何日許埋骨，歸去來兮雪山裏。

二月一日送王蘅塘

前日寄梅日，今春折柳春。安能隨柳色，千里送行人。

二日蘅塘歸自半途

芳草迷前路，春城喜再逢。人生難聚會，莫厭去來踪。

七日又送蘅塘

天教五日歡，今日人竟去。但見飛鳥還，行人何處住。

答朱芳田思隱

雲中峙雪山，雪上雲常住。寄語思隱人，從無採樵路。

同朱麗川飲

城頭日西落，月出鐘漏催。山倒席上客，海傾手中杯。人生百年苦，此樂能幾回。與君且快飲，不復憂瓶罍。

## 答楊蓉渚寄别詩

西江將久别，相送不成詩。金碧風騷地，關山雨雪時。我留殊悢悢，君去亦遲遲。各有情千種，杯中酒未知。

## 答楊蓉渚明府四珍詩

四珍者何？一西洋刀，二宋代端硯，三天然石硯滴，四四十年所吹笛也。硯滴蓉渚攜去，蓉渚睹物懷人，爲四珍詩四首，千里外附書至，且屬和。交情眷眷，賦此答之。

手提寶刀走萬里，山虎水蛟不敢視。歸來氣不冲斗牛，窮廬但見挂秋水。學劍不成還學書，硯堅磨我雄心無。凹深墨多不濟事，垂頭四壁空相於。臨水登山天地曠，閑吹玉笛聲瀏亮。曲罷行雲片片飛，千仞石崖裂萬狀。復有硯滴天然奇，贈君俾得長相隨。若無此物硯功失，蒼生待爾甘霖施。春陰獨坐憶君路，不遠千里來佳句。新篇和就雨初晴，登高望遠人何處。

## 三月十四夜喜雨

春來一雨無，人人已苦熱。苦熱猶自可，田苗欲枯折。三月幾望夜，檐前滴不絶。欄花紅有姿，野草緑可掇。始知天好生，萬物同一悦。孤客先吟哦，相忘故鄉别。

## 暮春

芍藥花開花事盡，雨風更是惱游人。十年萬里曾爲客，此地今朝忽暮春。哭罷窮途詩有味，愁來痛飲酒如神。詩狂酒醉空豪氣，一事無成白髮新。

## 飲中贈朱麗川

君如醇醪醒者醉，復如怪石醉者醒。一醒一醉姑置之，千里相逢百壺罄。芳草又是一春緑，色紅色紫花相映。今日不飲須何時，滿斟無語聽君令。

## 紀夢

皎皎一峰雪，蒼蒼萬樹松。松深行不盡，路斷隔溪鐘。

## 寄黎木庵鹺曹

待月五華山，月明各歸去。夢中還共君，踏月山頭路。

## 寄同志

北山高出天，健兒驅馬回。南溟闊無地，海客乘船來。苟能志氣到，萬事無不諧。寄言各努力，勿使西日隤。

## 初夏同史澹初游北軒

萬事無妨且退後，看山看水愁人先。城南不遠好山水，北軒長日如小年。清和景物獨幽静，榴紅蕉緑篁娟娟。發硎蒲劍想蛟避，滚盤荷珠須蟻穿。無煩無熱佛有界，忽晴忽陰天無權。輕雷催雨正留客，浮雲遮日偏露山。盪胸飲緑可樂處三亭名，俯看躍魚仰飛鳶。瞻雲亭名情話渴呼茗，横秋堂名玉笛吹神仙。有材維楚君不愧，陽春一曲郢中傳。九嶷天高洞庭闊，山魈水怪流饞涎。驪黄時無造父御，一官不保誰相憐。君不見，欄中文雀尾突若，階前唳鶴聲凄然。

## 雨後坐月

雨洗一輪月，照我庭軒潔。如坐冰壺中，不思故山雪。故山豈不思，悠悠路阻絶。

## 避雨放生池

避雨放生池，亭前荷翠濕。果然天雨珠，不待鮫人泣。

## 螺峰贈同游，倣杜子美《飲中八仙歌》體〔一〕

樂山王崧方寸書卷豪，老來著述身等高。澹初史炳風流亦才子，千篇揮就不終朝。麗川朱金點一杯一日默，鴛浦張世珩一曲一花飄。丹亭楊綍用世心耿耿，年年赴北裘敝貂。嶰谷楊載彤奇方得海上，力能枯根發春苗。于谷袁毓馨八分筆鋒鋭，點畫雲霧騰龍蛟。我獨塊然無一技，螺峰頂上惟逍遥。

【校記】

〔一〕《雲南叢書·雪樓詩選》無『倣杜子美《飲中八仙歌》體』。

## 瓦虱

數椽小瓦屋，瓦虱鑴頸肩。讀書不終卷，作文不終篇。移榻易尺地，作惡亦復然。虱爾死抱瓦，與人何涉焉。瓦固無氣血，生物毒於人。盡伐干霄木，作板千萬間。又竭江湖水，造紙糊如天。遂與天下衆，居處永無患。既喜得此謀，還笑囊無錢。吁嗟杜老屋，突兀成何年。

## 客中五月賣裘

樂行故不如苦住，有客住苦行亦苦。浮萍無地隨浪生，流星失天化石古。披裘五月奚足奇，裘賣何至愁無衣。山中薜荔本堪着，水上芰荷還可披。况留紙帳補容易，不懼蚊雷震天地。

## 聞木菱南游解脱林，彌月未歸，賦寄

聞道君游解脱林，已經彌月澹歸心。忽思三十年前我，盡日松間待月吟。

## 游近華浦，次王樂山明府韻

十一年前路，扁舟又此行。天饒風雨意〔一〕，人感離合情。野曠將秋色，城高送晚晴。歸來一回首，浦上白雲横。

【校記】

〔一〕『意』，道光十七年初刻本作『急』。

## 移寓僧樓夜坐

暮心難復壯，旅境易生悲。況復秋風起，僧樓獨坐時。花殘人盡去，月皎影相隨。豈不思親故，飛蓬歲轉移。

## 中秋

忽届中秋節，悲秋又是吾。他鄉凉意重，小閣旅情孤。桂馥聞金粟，梨甘味雪腴。一輪明月滿，且喜照清臞。

## 王蘅塘歸招飲，望月作

昨日塵途遠，今宵酒盞寬。如君秋不返，使我歲無歡。此月隨時有，閑居聚影難。流光好相照，良友共盤桓。

## 曉起題壁

昆明有幽客，歲歲寓香林。得酒惟看菊，無人一弄琴。樓頭山月近，户外徑雲深。忘却故園久，何爲夢裏尋。

## 對菊

相對已忘言，相歡時有酒。悠然一室中，似與陶潛友。

## 夜坐

天末秋風起，離群小閣居。心如懷兔月，夜夜擣成虛。

## 寄劉雲門

何處浣江路，秋風一雁飛。清晨對菊坐，去歲咏梅歸。野曠寒山色，天高霽日輝。此時游興極，安得款君扉。

## 城南

城南山水好，秋霽景逾鮮。獨到還雲處，遥看去客船。飛鴻筇屐外，落木嘯歌前。夕照知人意，餘輝暗復然。

## 即席送王蘅塘之建水

春草不同路，秋風又别離。此行惟一雁，共飲足千鴟。東閣挑燈夜，西堂得句時。歸期及臘雪，莫待寄梅枝。

## 抵晉寧官署，酬戴古村送别之作

百里未爲遠，離腸已九回。來詩酬不及，下榻恨相催。野館將飛雪，山城恰放梅。九龍池北樹，今日幾花開。

## 沈春和後至作贈

等是依人客，何爲至獨遲。庭梅開半樹，杯酒漉多時。徙倚窗間榻，推敲月下詩。盤龍山名風雪裏，相與覓驢騎。

## 竹窗坐月寄李衡石明府

窗前一叢竹，竹外一輪月。月覰窗裏人，竹陰寒似雪。

## 對梅寄馬西園太守

疑是揚州閣，巡檐得笑頻。行忘千里路，坐對一枝春。昨夜霜如雪，終朝徑隔塵。何當逢驛使，折贈隴頭人。

## 游萬松、羅漢、盤龍諸剎，同沈春和、朱咸章、張粹園

不知萬松寺，數里到禪關。羅漢陰崖下，盤龍夕照間。雲浮迷遠水，木落踏空山。共酌蓮峰塔，籃輿載月還。

## 盤龍山尋梅，懷劉寄庵先生

去年尋梅浣江邊，今年尋梅盤山巔。兩地相去二百里，豈知花下難追歡。咏梅詩人不易得，

使我南望興悲嘆。眼前山高流水遠，涔涔雙淚何時乾。

## 題張海門參軍齋壁

衙齋山上闢，曉望霧冥冥。霽日破寒野，終朝坐翠屏。風喧潮在樹，梅放雪盈庭。不覺歲云暮，常攤一卷經。

## 大觀樓王蘅塘邀飲

昔日大觀樓，恨不見遠水。今更增一層，四山失高峙。况偕王子猷，扁舟興無比。未飲先敲詩，既酣發清徵。銷我奇窮愁，鑄作大歡喜。何當神仙來，同談天地始。

## 一門九烈，爲查花農别駕作

崇禎甲申事堪紀，一門九烈有查氏。娟娟四女從五婦，次第從容效經雉。一女一婦偶然生，詰朝屍解七人死。是時國君殉國九重闈，朝暾不出扶桑涘。同休同戚能幾人，不忠不義跡相比。平居常笑再夫女，臨難鬚眉早忘矣。君不見，九烈祠，如山峙。生媿保位貪生人，死愧賣國降死鬼。

## 讀查別駕夫婦同評韓詩讀本

查侯文章有内助，凰鳳雙飛駕烟霧。曾從靈鵲橋邊來，牛郎仰嘆織女妬。紛紛兒女不掛齒，傾耳韓豪奏牙瓠。大椎齊扣千石鐘，噪蟬吟蛩草間仆。漢魏以來杜卓絶，嚮往鑽研亦無數。誰得骨髓誰皮毛，獨拔鯨牙鬼神怖。利觜長距何足數，蛇矛龍劍望風附。歐蘇後生喜尚友，郊島當時苦追步。雪山吾廬秘一卷，披讀有時盥薇露。恬吟密咏未覺迂，偶一示客攢眉去。千里遇君如遇韓，相借不惜凡手污。朱墨陸離眩人目，金針等閑世間度。豈肯一時讀令盡，惟恐早還失依據。一瓻有例更破除，何以報之賦長句。

## 王氏墓祠

金棱河上行人稀，上山半里開雙扉。未至迎人野火熾，赤龍夭矯穿林飛。入門當階紅茶樹，樹下芍藥堆紫緋。斜陽欲盡黍鷄熟，登樓酌酒燈燭輝。夜深湘簟熱無寐，開窗月明花影移。平明祠後見墳墓，青蒼松柏皆十圍。東峰西峰左右護，前水遥抱情依依。嗟余無錐豈有地，一笑浮雲何處歸。

## 訪戴古村〔一〕

幽人如野菊，抱影對蒼苔。有客清談去，空齋煮茗來。詩新多古意，書富見通才。安得結鄰住，晨昏共麝煤。

【校記】

〔一〕『訪戴古村』，（清）黄琮輯《滇詩嗣音集》作『秋日訪戴古村』。

## 夜坐寄徐勉齋

白露爲霜後，繁星避月時。無衣應不寐，咫尺亦相思。

## 冬初游郭園至劉園

劉郭園林雨又風，茅齋深住枳籬東。菊花開落梅花未，幾度山茶一様紅。

## 同楊丹亭郭園尋梅，未開。時丹亭歸自京師

我憶寒梅樹，君來擬折枝。一城飛落葉，終日繞枯籬。徑北冬猶暖，枝南雪有期。去年此

索笑，正是別離時。

## 齒動

人生同一苦，形質終歸無。十年髮凋落，幾莖稀於鬚。左車第二牙，辭去五年餘。摇摇又一齒，忽與脣支吾。雙眸亦或暗，四肢漸不如。一齒何足惜，吾生誠可吁。

## 寄玉泉寺僧石庵

曾借玉泉寺，白雲相與眠。而今千里外，空憶在山泉。

## 寄黄山寺僧妙明

曾借黄山寺，松聲座上聞。而今千里外，空憶在山雲。

## 雪夜同梁蔚亭、曹蓉舫兩明府，黎木庵鹺曹、史澹初少尉分韻，得『江』字

我本雪山客，不飲寒氣降。去冬不見雪，夢繞金沙江。今宵快人意，連榻圍明缸。傾耳徑竹折，催句城鐘撞。深埋馬耳尖，淺見鴻爪雙。曉來賞梅處，積素明綺窗。

## 五老峰尋梅

一徑横斜五老巔，寒潭倒影曲欄邊。梅花笑認風塵客，不到山中已十年。

# 雪樓詩鈔卷五

## 庚寅至癸巳 麗江馬之龍子雲

### 春日賞殘梅

成蹊艷桃李，寂寂野梅林。樹下幾回到，花前竟日吟。堪嗟雙鶴去，誰與一樽尋。歲暮應先訪，知君獨立心。

### 懷孫雨帆明府

孫侯如海鶴，刷羽立鷄群。但飲滇南水，常懷塞北雲。三年杯酒共，兩地寸心分。默默生平事，何時再見君。

## 送沈湘浦遊臨安

纔送春光去，君今又遠行。山隨流水曲，路入暮雲平。旅跡三年共，詩懷五字清。相思風雨夜，吟咏各燈檠。

## 登大觀樓歸，舟中呈同遊

高樓好横笛，舊跡認欄干。夜雨新流滿，朝晴遠岫寬。聯吟回浦口，度曲出雲端。相約中秋月，還來聚影歡。

## 昆明池吹笛

金沙江上雪樓子，一笛爲侶幾萬里。昆明樓船杳不見，金馬碧鷄蒼翠裏。笛聲初動月初生，太華峰頭堪徙倚。

## 題《古今圖書集成·山川典》後

圖書庋閣幾春秋，一卷披餘搔白頭。匹馬曾行三萬里，雲山好處是重遊。

## 題花詩後

詩人欲看花，惟借天工手。天工欲顯花，又借詩人口。手口忙不休，花開花落久。

## 蔣秋汀刺史贈石印

明末人姜正學次生嗜酒，工篆刻，不輕與人。周櫟園稱其『酒氣拂拂，從篆畫中出』。秋汀贈余櫟園所藏姜刻唐人『且鬬樽前見在身』句〔一〕，文匣中又添一佳物矣。詩以識之。

且鬬樽前見在身，相看匣裏酒香頻。金章不及青田石，身後相傳到遠人。

**【校記】**

〔一〕『唐人』，道光十七年初刻本作『東坡』，按：『且鬬樽前見在身』爲唐代牛僧孺《席上贈劉夢得》之句，故『東坡』誤。

## 中秋

今夕庚寅中秋夕，有客千里雪山客〔一〕。秋汀蔣瓜果陳華堂，相留一杯且共適。蘅塘王昨日躬扣扉，明日中秋莫他之。烹羊漉酒庭掃灑，君當過我同旨肥。蘅塘未去西雝林來，明日中秋願相隨。君我昆明爲客久，三秋丁、戊、己未共明月杯。二君美意誰敢却，故人有子早相約。故人云誰李即園，身後園亭尚琴鶴。座中已非舊時客，惟予一人情猶昨。雷聲催雨雨洗月，流光入席勸深酌。木庵黎七步新詩成，花農查一曲宫徵嚼。詩清曲高絶塵俗，我亦狂呼不嫌惡。漏聲二鼓回肩輿，蘅塘秉燭身倚閭。内堂歡聲達户外，入門王母兒孫扶。霓裳羽衣盡歌舞，人間天上同清虚。翩翩公子德司馬子邀我去，西雝久立庭前露。念我遠鄉尊我年，扶我座右衆賓附。席東二豪高益生、王蘅塘揮酒軍，席西拇戰雷闐闐。城濮鉅鹿眼前是，安得左遷成大篇。歸來四鼓月扶醉，中庭花影踏破碎。坐定忽聞剥啄聲，開門西雝又隨至。重談新故燭見跋，仰看參横月欲墜。韓孟舊陣重新排，旗鼓震地鬼神避。千奇萬怪毫尖出，百戰鴻溝剖天地。須臾林表扶桑暾，弟子蔣刺史子兆蕡、兆蓁侍立僮僕睡。餘興又向佛海閣，群賢咸集蓋忠寺。客遊如此真堪歡，不信古人行路難。

**【校記】**

〔一〕『千里雪山』，道光十七年初刻本作『雪山千里』。

## 十六夜再賞月，歌席分韻得『人』字

依舊一輪月，流光相與親。先時作雷雨，愁殺倚欄人。顧曲多青眼，傳杯有絳唇。歡情豈易得，莫話故鄉頻。

## 對樹吟

笑彼平泉莊，子孫不能守。對此墻外樹，居然我所有。鳥鳴開春花，蟬噪落秋柳。好物盈世間，何必盡入手。聽我對樹吟，勸君一杯酒。

## 冬日和園留酌，贈葉約軒

君來顧我三年前，途遇不識失周旋。我今訪君三年後，殷勤設醴開瓊筵。陰天欲雪未即雪，園梅百樹枝初妍。橘垂金丸竹戛玉，水仙飄渺香風連。爲我走邀我舊好，坐我石屏巖壑間。錦囊纍纍出千首，知君同癖難醫痊。勸君莫嘆耳聾早，聰聽頞上徒贅然。勸君莫恨男子跛，風波險處資同船。高堂壽考天錫慶，扶杖妥客何其賢。如此樂事豈易得，愧我孑立無家還。

## 沈節婦

黔有沈節婦，氏汪豫章族。偕老願不終，鳳去凰獨宿。堂闈刺目寒，家事掣肘苦。上無伯與叔，下無子與女。翁餬口四方，姑卧病一榻。湯藥未嘗斷，橐囊不使乏。父事翁翁歡，母事姑姑喜。是婦即是女，是女不異子。子卒姑相從，翁老婦愈孝。爲翁置二簉，心禱生育早。誠遂格天地，孝亦承祖宗。翁竟生男二雨亭、湘浦，門閭佳氣充。當其無子時，翁姑謀慰婦。欲以猶子子，令婦作其母。婦對翁姑言，翁可納良姬。生兒兒生孫，孫即婦之兒。鄰里嘆婦賢，親戚重婦節。議邀朝廷旌，用愧世俗劣。婦對親鄰言，名譽非所寶。夫死婦守節，此事何足道。翁爲記其事，其事子孫傳。名公作佳傳，鄙人賦新篇。

## 寄謝石瞿

又是孤燈風雨時，羈愁問影影無知。連年白髮星星出，此際浮雲故故垂。杜句如神窮自取，韓文得意笑相隨。從來筆墨成何事，願與山中採紫芝。

## 和朱芳田中秋見月朱住城南。

初更小雨二更晴，月見更深百盞傾。三載中秋吟不寐，一輪今夜影還清。鐘敲每斷還家夢，露白時增憶舊情。安得城南與聯句，孟韓那恤世人驚。

## 古意

君心厭故人，故人因以去。君心愛新人，新人恐又故。相與非真心，膠漆安能固。

## 伊人

伊人底事少經過，幾日秋風換碧羅。一曲門前清淺水，居然地上有天河。

## 驥嘆

龍潭地生千里足，龍潭水涸驚流俗。村翁欲殺除不祥，村嫗獨憐賜奴僕。馱負糞土常劬勞，渴不得泉飢不穀。古驥伏櫪思飛騰，今驥垂頭欲顛匐。飲之何吝水一斗，飽之亦易芻一束。三羸五駑争奮驤，金鞍玉勒厭粱粟。嗚呼已矣復何言，王良伯樂今無存。

## 即園林下作

有此樓頭醉，春花任意吟。新桃添幾種，老柏結重陰。憶昔看梅日，傾君好客心。誰知十年後，使我淚盈襟。

## 訪葉約軒不值

晴川帶春樹，樹裏人家住。好鳥枝上啼，伊人何處去。

## 夜酌

底事懷愁坐，空堂夜氣寒。百年嗟世短，一盞覺天寬。竹響風初動，花陰月欲殘。壺傾酒亦醉，五字且吟安。

## 送春

不得歸家客，留春春不留。百年强半過，千里自多愁。碧草蒼苔院，飄風細雨樓。重來莫遲滯，相望路悠悠。

## 遊仙〔一〕

西風吹我去，扁舟入蓬島。歸來不計年，但見青山老。

【校記】

〔一〕道光十七年初刻本無該首，爲《客夜》，其全詩如下：切莫挑燈火，火息客生愁。愁余夢魂去，一夜故鄉遊。

## 燈花

百卉俱零落，名園枉自誇。相看終不盡，夜夜此燈花。

## 秋夜寄劉勉之

千里金沙客，滇池看釣舟。年年渾舊疾，忽忽又新秋。鴻雁一聲過，星河永夜流。此時耿不寐，獨坐雪盈頭。

## 戴古村遊蜀歸

落日五丁峽，秋風八陣圖。知君遊興極，試問有詩無。昨去不能送，今歸聊共娛。聯吟梅樹下，顧影盡清臞。

## 立春日

今年臘月明年春，明年春緑今年柳。花木一年一回新，人老童顔不復有。我思眼看天地老，一卷丹書常在手。忽聞王母鬢毛霜，愀然坐對新春酒。

## 夢

夢竟是何物，瞑目何其多。今宵矢不夢，危坐降睡魔。忽省還是夢，夢夢奈若何。

## 戴古村招看海棠，同倪梅岑、楊質齋、戴立堂

九龍池水生晴瀾，池邊一樹珊瑚攢。紅影水底潛蛟駭，乘霞仙人驂紫鸞。去年君去遊西蜀，我亦卧痾花事殘。夢中似有美人至，覺後恍惚窺妝難。今年君歸我病愈，新逢好友同凭欄。嘉州昌州且莫誇，西府貼梗誰更觀。將歸未歸月欲上，題詩作記傾肺肝。名花豈易客中見，更燒高燭風露寒。

## 憶雪山

不見雪山久，雪花幾度開。雲籠復雲散，月色爲誰來。

## 美人

美人花相似，不向落花風。終日鏡前坐，蛾眉自賞工。

## 朱芳田、王一庵、葉約軒見過咏刀，和之

忽地大風起，雲陰滿一城。客來鷄黍具，刀出鬼神驚。四座豪情舉，千秋寶氣横。相看聊佐酒，豈是好談兵。

## 客去

客竟看刀去，空庭落日幽。倦禽歸茂樹，小雨過高樓。世上尚青眼，客中偏白頭。回思壯年日，萬里一身遊。

## 髮落

人苦頭髮白，白髮頭上存。我苦頭髮落，頭上空有巾。有時露頂坐，旁觀相顧哂。仰空且自慰，終勝蓬首人。

## 雨竹

花喜笑春風，竹怒戰秋雨。徑底敗蛟龍，窗前添畫譜。

## 七夕陰

七夕牛女會，此事知有無。竟勞下方鵲，河上架橋俱。長橋卧波豈易事，鵲力幾何終夜劬。況是天風苦遒緊，飄摇不得木石扶。今年上帝知此苦，特命乘雲雲紛如。我老守拙但酣卧，起來屋角懸金烏。

## 苦雨辭

悲哉秋氣兮，苦哉秋雨。山隤川溢兮，壞墻塌宇。出不飛車兮泥滅頂，入不重樓兮濕病股。

地弱兮何日，鼇支是年七月，地大震，至今時動不止。天漏兮誰將石補。禾生耳兮麥出牙，水没舟兮陸摇櫓。魚於釜游兮蛙於櫟語，鷺於堂立兮鷗於庭舞。無陰有陽兮化固不可成也，有雨無日兮民又將安土。披雲兮竭泉，下扣所恃兮上訢所怙。西皇責余以狂妄兮，東帝謂余何獨苦。南不可南兮北不可北，吾將浮沉兮泥水中處。

## 絶句

春來典盡禦寒衣，忽見秋風落葉飛。一夜碪聲虚到耳，他鄉縱樂不如歸。

## 蟲聲

切切鳴無已，悠悠恨有餘。庭空人静後，樹碧月明初。死亦同群物，生何礙太虚。偏醒遠行客，意緒總紛如。

## 夜

不覺閑庭晚，陳編讀未休〔一〕。蟲聲三徑起，月色萬端愁。老至成孤客，寒生着敝裘。人間空擾擾，吾自泛虚舟。

【校記】

〔一〕『休』，道光十七年初刻本作『終』，誤。

**劉寄庵先生舊日尋梅處**

伊人竟歸去，寒樹又開花。一徑荒烟入，千山落日斜。離鄉頭易白，乘興酒堪賒。欲續舊吟句，愁偏亂似麻。

**懷雙石橋柳綿**

冬日柳綿風不斷，雙橋路上好盤桓。行人莫認晴天雪，試取裝衣失歲寒。

**雪山無名藥寄李静軒州别駕**

此藥入囊久，偕來自雪山。功能人未識，把玩意相關。地力多山上，天心憫世間。神農不到處，靈物至今頑。

## 對梅

壯年好長笛，奇音爲梅發。邇來豪氣無，對梅但遲月〔一〕。徙倚寒樹間，空庭白似雪。

【校記】

〔一〕『梅』，道光十七年初刻本作『花』，誤。

## 香碧堂賞梅，釋妙明索贈時妙明遊峨嵋迂道武昌歸。

未遂尋梅意，連朝風雨寒。敲門有吟客，攜手向花欄。玉笛江頭怨，峨嵋雪裏看。此時一回首，樹下衲衣單。

# 雪樓詩鈔卷六

## 甲午至丙申麗江馬之龍子雲

### 春草

輕輕緑染高低屐，細細香生折叠裙。不管離人千里外，窗前陌上盡含曛。

### 戴古村晚翠軒

晚翠軒高春日静，東風暖放海棠花。窗前自賞孤吟句，門外曾來老作家。謂劉寄庵先生。深徑還栽蔣詡竹，空園不種邵平瓜。何時結屋同朝夕〔一〕，攜酒猶堪泛釣艖。

【校記】

〔一〕『屋』，道光十七年刻本作『子』。

## 留客

不向屠門嚼，山齋味有餘。傾樽留舊雨，帶露摘新蔬。白髮頻看鏡，閑情衹著書。休言豪氣在，一月食無魚。

## 王象武造碎瓦塔索咏

瓦碎無人用，逢君塔竟成。可憐完好玉，空有作樓情。

## 芍藥

昔人採此花，相贈復相謔。我無同心人，紛紛開且落。

## 季夏嚴子頤、李遠亭、嚴季膺邀遊太華山，舟泊高嶢作

高嶢朝霽望，問市夕陽時。酒竟沽村甕，魚纔脱釣絲。遥墟高士宅倪蜕翁，近麓戍臣祠楊升

庵。山雨偏催客，扁舟又轉移。

## 宿華亭寺

步出城西門，登舟近華浦。時聞漁父歌，遠躡太華雨。日落客何遲，山空琴再鼓。明晨屐杖移，此地還塵土。

## 宿太華寺小樓二首〔一〕

有客披雲至，樓空夕照斜。崇臺巖樹影，曲徑石苔花。月上時聞鳥，僧來更煮茶。清談叢竹裏，何必飯胡麻。

不復憶秋風，空山自無暑。小樓坐晚烟，濁酒行同侶。竹静欲孤吟，燈明還共語。簫聲響夜深，片月林梢佇。

**【校記】**

〔一〕『二首』，原詩無此二字，據内容補。

## 登太華寺樓

不信梁王後，深山有此樓。干戈幾朝代，木石自春秋。雨散斜陽外，烟生古渡頭。憑欄遲明月，樵唱亂鄉愁。

## 竹間小飲

竹間一壺酒，不須食有肉。飛觴興不淺，笛奏淇上曲。山風凉似秋，落日淡崖屋。屋邊雲盡歸，攜手伴雲宿。

## 鬟鏡軒望昆池

昆水西流山北來，水亭山上面東開。螭迎日照美人峰名髻〔一〕，蜃吐樓通羅漢巖名臺。漢帝旌旗空振武，梁王殿宇已成灰。風飄雨過愁無盡，我欲扁舟載月回。

【校記】

〔一〕『峰名』，道光十七年初刻本作『名峰』。

## 樓夜聽李遠亭吹簫

萬籟此俱息，瓊簫不斷聲。紅燈落花處，白首倚樓情。連榻人將寢，空山雨乍晴。明朝寺僧報，昨夜鳳凰鳴。

## 何氏樓

閑坐何氏樓，四面圍松竹。看竹露清寒，聽松風斷續。

## 鬢鏡軒同嚴季膺

晚霽鬢鏡軒，高歌吹玉笛。連朝海雨頻，山月净如滌。

## 嚴子頤採藥

山中生百草，奇藥白雲封。荷鍤出林晚，時聞遠寺鐘。

## 遊羅漢壁

作客昆明久，名山懶未尋。扁舟風雨外，高步太華岑。石洞開天脊，雲巖卓水心。晚來一聲笛，空際有知音。

## 羅漢壁望滇池

憶昔飛空羅漢來，化爲巖壁障池隈。美人峰名不動凌波步，睡佛山名長依説法臺。歷歷雲中高樹出，青青雨外遠山開。浮生衹有漁家樂，薄暮扁舟挂席回。

## 石洞吹笛處

丈石懸空際，前臨水接天。坐來吹玉笛，驚起老龍眠。是日龍升天。

## 試牛井水

道人佩牛犢，井上結茆庵。放下屠刀日，深知此味甘。

## 宿朱家閣

日日城中望，山靈竟許尋。樓臺雲際出，松竹雨中深。何日仙人跡，此間詞客心。明當高頂上，坐待曉鐘音。

## 太華山中懷徐勉齋，賦寄

七載前相遇，佳山即贈余。徐輯古今人太華山詩文，付梓行世。登高獨攜謝，望遠却懷徐。晚歲耽清咏，幽居集古書。朝朝昆水上，未了注蟲魚。

## 歸舟

太華山下買舟歸，餘興回頭戀翠微。玉笛臨風吹不盡，天邊一片彩雲飛。是日彩雲見。

## 舟泊大觀樓

停舟近浦柳陰密，着屐高樓夕照殘。今夜太華山上月，何人坐向石頭看。

## 遊西山歸，雙璧堂留飲煮魚

不乘赤鯉去，煮鯽雙璧堂。水市翻難得，君家玆飽嘗。鱗光曾射日，刀影欲飛霜。座上秋風客，何勞憶故鄉。

## 答戴古村西山詩

纔別太華路，君詩已到門。明年策笻竹，試看鬭雲根。戴結句云：『爲語吾笻竹，明年採藥行。』駭浪山摇動，危巖寺吐吞。書齋清夢裏，髣髴見朝暾。

## 答楊嶰谷西山詩

山在周荒外，天風生異香。秦皇不得採，靈藥至今藏。學就倉公術，吟升謝客堂。明春尋舊跡，試擷滿巖芳。

## 雨中答倪梅岑明府西山詩

遊盡巖阿放棹還，蕭齋尚與白雲眠。空懷舊跡秋風裏，忽枉新吟晚雨前。海上舟横琴自古，山中藥在客能仙。勸君乘興登高去，一覽群巒小似拳。

## 見螢

新秋雨後樹蒼蒼，散步尋吟菊徑旁。月未明時燈未上，空庭數點自生凉。

## 白蓮

採得白蓮花，不宜金屋貯。秋風莫浪吹，欲贈銀河女。

## 僧寺木犀花

聞否木犀香，從來幾人悟。庭前有一株，此日開無數。

## 買菊

秋風菊上市，不惜杖頭錢。縱乏一杯酒，終宵相對眠。

## 和戴古村雨中登大觀樓

長夏題詩最上層，回看絕壁晚烟凝。新遊客有秋風感，舊跡欄從竟日凭。漲欲平池魚可釣，雲還積雨鶴難乘。太華相約明年事，已向高樓意氣凌。

## 我有鳴鳳簫

我有鳴鳳簫，入夜聲悲切。欲吹竟不吹，枕畔風蟬咽。平明開户望，空階滿落葉。

## 酒樓送楊鳳池歸浪穹

殘杯冷炙非我謀，不合便去古所由。時坐市間酒樓上，無異山中秋色幽。逢君季夏至秋末，山樓水榭幾同甌。此來既云興已盡，何妨歸泛茈湖舟。自顧生平好作客，八年於此浮雲遊。西方美人倘相見，道余他鄉空白頭。

## 和戴古村秋夜雨

秋天惟月好，浮雲生妬心。連雨竟不出，砌畔蟲微吟。苔青據丈室，檐溜欺短檠。幾回思添衣，時聞遠鄰砧。有弟雪山下，寒逼更難禁。衣單猶自可，飢至何以生。愁多不能寐，默坐頭垂襟。故人雨詩至，中言昔遠行。感我少年日，遊歷江湖深。湖船當雨霽，江船逢月明。高歌出金石，魚龍潛水聽。有時老蛟怒，漲波高百尋。東西不復辨，惟見星斗沉。興來大江窄，神遊霄漢清。門開清虛府，仙子霓裳迎。手持丹桂花，群啟揚妙音。咳唾落天外，人間空仰承。扁舟十載興，吞盡東南溟。而今坐庭潦，已矣懷月情。

## 雪後嚴季膺書室獨坐

不覺歲云暮，閑身伴故人。寒梅一枝放，霽日半窗新。客去詩心靜，書攤道味醇。君歸殘雪裏，相與一杯真。

## 客裏一輪月

客裏一輪月，蕭然睡獨遲。可憐故園影，常向此間隨。槲葉風三徑，梅花雪一籬。淒淒山館靜，屣履欲何之。

## 冬夜獨坐

身違玉嶺千秋雪，足濯滇池萬里流。蕭寺鐘聲驚客夢，小窗月色白人頭。文章不入時人眼，酒盞聊傾舊日愁。半百年過難稱意，明春浩蕩弄扁舟。

## 次韻答楊竹廬

新篇寄到日遲遲，回首家山久別離。柏石心腸依舊古，烟雲態度逐人移。中年鶴去常嗟獨，晚景梅殘欲伴誰。我亦衰頹頭髮落，冠斜不待遠風吹。

## 懷戴古村，次見懷韻

九龍池水上，最憶苦吟人。爲別無多日，同遊不計春。烟迷芳草路，雪盡落花津。窗外海棠樹，霞蒸應及辰。

## 訪葉約軒歸賦寄

歸途風雨裏，卧病又多時。嘆我衰容獨，如君遂意誰。娱親已忘老，得子不嫌遲。架上添新籍，前修盡是師。

## 春郊

華山叠叠萬重障，昆浦茫茫千頃陂。海角天涯諸友别，風前雨後故鄉思。惟將歲月添霜鬢，不得林泉把酒巵。春色年年芳草緑，小橋流水獨吟詩。

## 生日寄王蘅塘

猶憶余生日，曾同風雨春。今年好晴景，竟夜獨懷人。不寐成詩久，相思問信頻。滇池九載客，白髮又添新。

## 戴古村見過

並坐青林下，微風幽徑中。數聲枝上鳥，也惜落花紅。

## 棄婦詞

朽瓜變爲魚，腐麥化爲蝶。昨日君愛妾，蝶繡紅羅裙，魚繡紫羅褶。今日妾辭君，麥腐不堪供，瓜朽不堪給。玉有瑕，珠有纇〔一〕。寄君詩，請君誨〔二〕。

【校記】

〔一〕『珠有纇』，道光十七年初刻本作『金有疵』。

〔二〕『寄君詩，請君誨』，道光十七年初刻本作『請君省，寄君詩』。

### 晚春張氏園次席上韻

多病年來懶應酬，佳山佳水負名流。杯中老至常先醉，座上詩成獨寫愁。戀客花將開入夏，留春雨忽冷逾秋。相逢此地還相聚，何必瀛洲十二樓。

### 雙璧堂盆魚

花落閑庭好，盆池愛日長。紅魚文藻下，白首綠苔旁。斗水已云樂，湖天安可忘。盤桓相賞處，高柳暗斜陽。

### 魚蟲

浮生託止水，瑣細塵埃同。尺羅得無數，器小寬有容。此物魚所嗜，恣意吞何窮。誰知魚肥大，出水嘉客供。請君且停箸，一箸千萬蟲。

## 蓮花寺雪浪石歌

蓮花寺壁嵌文石，四時山水非人謀。就中雪浪尤傑出，奔騰誰挽江東流。昔年挂帆數千里，磯頭每見蹲龍虬。風波怒發失兩岸，雲翻雪湧天地愁。是時穩坐蓬窗下，一聲長笛隨輕鷗。此間宛然此景在，使我高歌忘白頭。

## 夏末過晚翠軒賞秋海棠、石竹花各一首

今年遇月閏，秋花先已開。紅榴爛風雨，清艷臨莓苔。詩人發新咏，石畔日徘徊。相歡得知己，不恨西風來。

嘉名得石竹，采采倍可觀。何年鳳毛落，千朵紅絲攢。天教發奇艷，氣韻清不寒。誰能視秋草，不使登雕欄。

## 書館望月

有客蕭然坐，開窗夜氣深。依依今夜月，皎皎古人心。有味杯中酒，無弦壁上琴。青天豈容問，對影一高吟。

## 立秋日卧病，寄劉默園觀察武昌

山城竟日雨風愁，卧病書窗雪滿頭。不見階前桐一葉，已知天下樹皆秋。從來熱客曾無厭，豈有窮途得自由。安得與君吹玉笛，更招黄鶴上高樓。

## 賦得織女同王雪軒

一面牛郎隔一年，七襄機上恨綿綿。天孫不及人間女，夜夜春閨璧月圓。

## 秋日懷雪山

風淒雨冷暮鳴蟬，忽憶家山雪皎然。千仞孤峰還映月〔一〕，半巖松樹不知年。紅塵自古難爲客，白屋而今擬學仙。記得同眠雲一片，來時慘别玉河邊。

【校記】

〔一〕『還映月』，道光十七年初刻本作『寒在目』。

## 題晚翠軒壁上顧南雅通副畫蘭

九畹芳姿寫逼真，依稀姓字墨猶新。相看何必曾相識，同是深山幽谷人。

## 秋柳寄楊蓉渚明府

春風柳先緑，秋風柳先黄。柳黄有時緑，人老何日强。昔年送別處，今日餘斜陽。相思各努力，莫嘆天一方。

## 羅漢巖吹笛處

巖懸一片石，危於枝上葉。横笛雙足垂，笑彼世人怯。泠泠剛風度，亭亭衆山立。此時天上人，知音和三叠。

## 三清閣題壁三首〔一〕

萬頃昆池水，窗中一望收。遠山雲際失，斜日岸邊留。笛學風篁弄，杯空石室酬。去年遊跡在，我欲問輕鷗。

去年此吟嘯，風雨未成秋。今日寒山霽，深宵落葉稠。月明僧掃榻，露重客披裘。共酌一樽酒，論文信宿留。

嚮曉雲停海，隨風雨滿天。舟從巖下待，屋自霧中懸。杖選臨窗竹，詩驚面壁禪。雪深期再至，携酒醉梅先。

【校記】

〔一〕『三首』，原詩無此二字，據内容補。

## 九日登五華山

城中好晴景，縱目五華巔。不是登高日，焉知望遠天。四山秋色裏，萬户夕陽邊。未得故園返，黄花空自憐。

## 九日山寺尋菊

今日逢佳節，菊花待知己。山寺蒼苔徑，坐對西風裏。去年故人家，置酒歡無比。薄暮始歸來，斜陽淡流水。

## 讀戴古村咏梅諸什

真見梅花者，吟來迥不群。凄凄一輪月，凛凛四山雲。竟日渾無事，高懷獨有君。相看總不厭，玉樹豈堪云。

## 送李果亭庶常歸〔一〕

幾年不相見，相見又別離。別離豈獨我，而我情難爲〔二〕。爲客常送客，况是故鄉歸。歸去見鄰里，道我長相思。

【校記】

〔一〕另見（清）陳宗海修，李星瑞纂《（光緒）麗江府志》卷之八，稿本。

〔二〕『情』，《（光緒）麗江府志》作『獨』。

## 嚴季膺齋中度歲

客中送歲歲如月，坐聽城頭漏聲歇。年年作客不知愁，青鏡相逢鬢添雪。去年此夕山寺静，燈下哦詩影清絶。今年歡笑如歸家，兒童喧呼爆竹裂。明日明年春事好，花開花落莫相別。

## 晚翠軒留飲

門前春漲九龍池，繞屋梅花伴賦詩。不是幽人終不到，相違一日輒相思。芸香架上書堪讀〔一〕，竹葉樽中醉肯辭。更值今宵明月好，何妨歸去路遲遲。

【校記】

〔一〕『堪』，道光十七年初刻本作『常』。

## 清晨獨坐

終宵不寐大風起，獨坐清晨悵失群。出地三竿烟際日，連空一片嶺頭雲〔一〕。當春歲歲生華髮，伏枕時時繹舊聞。忽見庭前雙蝶過，翩翩故作惜芳芬。

【校記】

〔一〕『頭雲』，道光十七年初刻本『雲頭』。

## 憶故山牡丹

玉龍山下牡丹好，雨寺烟村鬭綺羅。朝露濃時聯騎往，春寒盡處飲香多。昆池十載臨清影，華嶺終年發浩歌。何日龜田耕百畝，滋蘭樹蕙老巖阿。

## 邊存赤邀飲〔一〕

公子相邀去，開樽雪欲飛。庭梅昨宵放，不醉且無歸。

【校記】

〔一〕該詩在道光十七年初刻本爲《芍藥》一詩，其詩與本卷《芍藥》一詩除尾句將『開且』改爲『任開』外，內容皆同，故爲重復收録。

## 夢雪山

別時一片雲，寄在蒼松顛。何事竟忘我，不出山十年。夜來夢見山，且喜雲依然。暫時一歡會，愁深孤館眠。

### 拾麥窮士

五月披裘何足奇，人棄我取復奚疑。一日不食神氣餒，骨立而死蒼天悲。空手歸來茅屋攲，飄摇風雨將告誰。

### 將移枸杞小寓

昔好高樓居，今欲住矮屋。陋巷既湫隘，無地栽修竹。幸有枸杞樹，枝幹露霜足。實當長夏熟，飢鳥飽其欲。根若依清流，滿城壽可卜。待到作仙日，飛身天上宿。天上空無邊，使我懷塵俗。何如傾一杯，哦詩種秋菊。

### 戴古村令孫晬辰晚翠軒會飲作贈

老至耽吟咏，如飴句可餐。傳家衣鉢遠，滿眼子孫歡。緑影二分竹，香風九畹蘭。一堂賓客喜，環繞晬盤看。

## 九龍池荷花

年年五六月，龍池荷花紅。可憐好香色，相對白頭翁。憶昔西湖上，吹笛船窗中。少年膽氣壯，入破驚蛟龍。而今偶行散，便覺勞我躬。安能折瑶草，一服顏還童。

## 九龍池

九龍池水又經秋，閑向堤邊杖策游。露冷不禁蓮瓣落，風高無復柳絲柔。終年未達家鄉信，十載相忘旅況愁。飄蕩何如歸去好，寒潭在麗郡城西北。待泛釣魚舟。

## 懷楊竹廬

耄耋猶勤著太元，遠遊踪跡會城邊。昆池坐釣荷花下，玉水行吟竹樹前。興至壺觴誰共酌，愁來形影自相憐。知君未識風塵味，常在雪山高處眠。

## 作客

作客不能返，他鄉似故鄉。良宵賓刻燭，令節友携觴。草自青青色，花從冉冉香。有時西嚮望，昆水恨無梁。

## 尋寓舍未得，感賦

孰謂九州大，難容孤客身。秋花終日落，白髮幾莖新。滿院愁風雨，長歌泣鬼神。何時半禪榻，心跡脱囂塵。

## 移寓

秋風秋雨旅情孤，一歲三遷境更殊。作客難將書劍棄，此間且住澤山臞。琴囊硯匣愁飢鼠，屋角窗稜厭網蛛。待到庭梅開滿樹，與君相對日傾壺。

## 九日

今秋遇佳節，無處可登高。霽日擎杯坐，窮途得句豪。紅稀垂枸杞，緑盡落葡萄。仰首哀聲過，天邊一雁勞。

## 訪山人

秋風乘興往，數里入雲霞。門外無人跡，庭中有菊花。便呼杯酒至，共坐夕陽斜。願與爲鄰住，山中衹兩家。

## 莫芝庵携書至

又借奇書至，何愁歲暮孤。相歡宵作晝，長與古爲徒。徑竹含烟竦，庭梅待雪敷。常來杯酒共，不惜典衣沽。

## 冬日和史春帆飛雲巖巖在黔。

巖石懸虚空，是余舊遊處。何日雲飛來，終古水流去。歸來二十年，讀君巖上句。欣然欲重遊，千里歲云暮。

## 送楊鑒齋歸

玉龍山下早梅寒，此日君歸歲欲殫。爲問峰頭雲一片，多年不倚雪樓看。

## 寄楊竹廬

十載淹留金馬地，三冬悵望玉龍山。憑君傳語寒梅樹，明歲春風待我還。

## 訪戴古村不遇，庭梅已放，有作

旅寓寒梅樹，今年花事遲。相思尋北郭，已見放南枝。雪欲中宵積，風憑竟日吹。君歸應笑我，樹下漫題詩。

## 庭梅

昆華歲將盡，十載此栖遲。客況欲誰語，梅花逐處隨。昨宵雲暗後，三徑雪飛時。忽見破顏笑，窗前横一枝。

## 踏雪

碧鷄金馬雪中客，回首不見玉龍白。古雪夢裹高千尋，新雪眼前積一尺。携我沽酒瓶，著我尋梅屐。貂裘已敝鶴氅寒，安得横吹雪樓笛。

## 訪嚴季膺賞梅

幾日不相見，相思興未闌。尋梅到苔徑，先月坐花欄。笛裏關山遠，樽前歲序殘。堪憐影俱瘦，世路各艱難。

## 旅寓

旅寓在深巷，山城似遠村。老梅開雪徑，高卧閉柴門。不易琴書静，何妨市井喧。相知還有月，一夜照庭軒。

## 題壁

老病雪山客，稽留昆水濱。相扶惟藥物，同好盡詩人。雨過浮雲薄，窗寒霽日新。庭梅偏解意，遲放及明春。

## 新寓望西山〔一〕

昆明城南池水白，昆明城西山巖碧。巖臨伏窟千年蛟，水動淩雲萬株柏。去年縱棹隨輕鷗，乘興吹笛坐危石。而今病肺但高枕，空有遊山玩水癖。幸得高樓闞一牖，西山烟雨慰孤寂。安知山外非雪山，清風遠來快晨夕。

**【校記】**

〔一〕《雪樓詩鈔》詩至『題壁』終，『新寓望西山』至『題方友石芝園圖』共計二十一首詩於《雲南叢書·雪樓詩選》補録。

## 秋日泛舟近華浦，登大觀樓宴飲，得『陽』字

近浦秋風柳半黄，輕帆不記幾回揚。登樓王粲詩能賦，對酒寬饒興益狂。漲水浮天山色壯，低雲著地樹陰凉。歸舟那計嚴城鎖，一路笙歌送夕陽。

## 歲暮

歲暮幽居意若何，蕭蕭落木考槃阿。霜前竹瘦同殘菊，雨後苔新似碧莎。嚇鼠鵷鶵隨在夥，凌霄鸑鷟不聞多。浮生最好江湖去，一葉扁舟漁父歌。

## 雨後鄉人至

颯颯秋風起天末，瀟瀟雨歇古滇城。浮雲千片散無著，晴日一輪懸更清。愁對青梧當徑落，羞將白髮向人明。君來且問龍山下，萬樹喬松作麼生。

## 窗中對五華山

人生知己難相遇，一丘一壑且依據。不移跬步得五華，空勞千里萬里路。昔遊五岳氣偏豪，朝東暮西不肯住。歸來雪山服初服，年年采藥隨樵呼。無端興到遊昆明，屈指一紀髮垂素。此山入城塵氣消，風木四時滴清露。攜笻每上峰頂立，長空落洛雲飛去。雲來雲去無定踪，青山不動客相晤。

## 訪東村故人

春來遊興動，携酒扣柴門。緑竹開三徑，桃花成一村。翁閑談歲月，兒戲逐鷄豚。薄醉忘歸去，盤桓落照昏。

## 送昌雲、昌慈二衲子遊鷄足山

送爾鷄山去，多時不看山。一身蕭寺卧，何日片雲還。石色九霄上，泉聲萬樹間。若能遇迦葉，道我老塵寰。

## 除日新寓中作，寄楊丹亭廣文

杖頭難得百錢遊，曲巷移來事事幽。徑底寒花朝雨惡，階前老樹晚風遒。誰言有志同雲鶴，不易忘機學海鷗。聞道揚雄多墨妙，可曾今日送窮愁。

## 邊存赤索題《牧馬圖》寫真

昔讀杜咏曹畫馬，眼中十日無非騰驤磊落者。今之圖有兩馬似曾見，安知不是杜老所咏曹所寫。一匹昂首花滿身，一匹汗血赫如赭。細審筋骨俱神駿，豈肯金鞍玉鞴馱妖冶。惜哉世無伯樂九方皋，但使公子放牧柳陰下。公子露頂仰天坐，心若有適容瀟灑。楊花紛紛委滿地，草色青青深没踝。待到秋風空千里，一日踏盡大荒野。倦遊老夫攜矩筇，翻然大笑歸去也。

## 乘醉至海源寺

醉不如泥飲不休，提壺更上一岑樓。崇巖點綴雲中樹，遠水浮沉海上鷗。此際攜朋花欲語，何年説法石低頭。西山落照莫催客，待賦新詩寺壁留。

## 緑陰書巢

借得鄰家樹，何愁暑氣侵。攤書還静坐，階下一蟬吟。

## 春日懷楊嶰谷廣文

十八年同遊五華，中間小别亦興嗟。此行後會知何處，鎮日相思對落花。白首千篇曾脱手，青氊一卷尚聲牙。片言遥贈君須記，可口毋論橘柚楂。

## 夏日訪姚子卿司馬

文翁豈易化南來，自古邊疆重異才。冒瘴多年勞撫字，司天幾日近蓬萊。滇池岸闊濤聲壯，陟嶺雲低曉色開。此際重逢歡笑極，不愁風雨阻人回。

### 首夏有感，寄潘葆庵

一歲春光又別離，花欄獨坐晚風吹。湘妃竹翠猶餘恨，安石榴紅竟擅奇。老至依人真可笑，愁來看劍欲何爲。知君正想清狂客，醉後詩成付雪兒。

### 五日山閣獨坐

去歲登舟觀競渡，今朝倚閣默含情。皚皚雪刺盈頭出，灼灼榴花照眼明。南楚盡荆豈栖鳳，洞庭雖闊不容鯨。爲文空憶賈生筆，風雨山中狖夜鳴。

### 雨後劉仲鴻又至

天上層雲撥不開，山中一日響高雷。石榴紅染半庭竹，巖壁緑侵三徑苔。已去還來緣底事，頻吟暫醉又相陪。憐君雨涉人間務，偏遇老夫心已灰。

### 題吴和甫學使藕香閣壁上

朝看西山雲，飛去遠行雨。暮看西山雲，歸宿近華浦。仙人好樓居，不知六月暑。來自大江上，縱筆波濤怒。長篇逾千言，短歌數十語。氣吞巨川百，力排名岳五。有時招我來，歡言酌芳醑。畢景興益佳，紅燭催更鼓。樂哉今日遊，相與傳學府。翻悔雪樓中，獨對山雪古。

## 春初移榻葵向寺，預寄普明禪友

塵勞幻疾鬓星星，欲借明窗讀一經。已見寒城春有色，遥知暖閣柳皆青。净名居士語還默，白社高賢醉却醒。自古空門大容物，無嫌食氣帶膻腥。

## 僧樓自壽

皓首真難得，芳樽可滿斟。滇池春日霽，雪嶺白雲深。欲得陶園菊，時聞梵唄音。浮生少壯老，彈指去來今。

## 夜歸林下聽琴

歸來一何晚，明月照高林。下有山中客，能彈海上琴。冥冥花色静，寂寂竹陰深。難得共凉夜，新篇相與吟。

## 題方友石石芝園圖

芝園何處是，景物最清新。日涉已成趣，門關可養真。雲林隱啼鳥，風水動潛鱗。相與竟遊賞，徒爲畫裏人。

# 雪樓賦鈔一卷附

麗江馬之龍子雲

## 古體四篇

### 笛賦〔一〕

有山堂客卿，問於雪樓主人曰：『笛有何好？主人好之。』主人曰：『笛聲清如冰雪，朗如星日〔二〕。可以滌心，可以達意，可以遏雲，可以裂石。達人邀之一貴賤，名士吹之感龍蛟，貴妃竊之度天曲，天子懷之以臨朝。笛之好既如彼，人之好又如此，客何獨疑於予？』客卿曰：『主人亦善吹與？』主人曰：『笛本無聲，人自無爲。人笛相遇，奇音紛披。知音者樂而悲之，不知音者怪而偉之。及其超五音，絶諸均，吕窮律盡，還於未始有聲，耳聰茫然，杳杳冥冥。吹之不善，能如是乎？』客卿曰：『其詳可得聞歟？』主人曰：『可。』

原夫笛幹之生也，在崑侖山之墟，混沌海之涯，籍拂紫霄，根結坤維。敷條洞暢，成節依稀，玉聲清切，雲影迷離。其前則有無邊滄溟，騰波鼓浪，泌瀄瀖瀯，狀如連山，聲似雷霆。其後則有崇山大嶺，崱嶂嵸岠，層盤拂鬱，嶔崟岨峿。雲開霧合，日月吞吐。其左則有蒼林傑樹，鬱乎青葱，杈枒豁問，茷肌蘢茸。其右則有巖乳滴泉，瀑布水簾，巨音如鐘鼓，細聲如管弦，浤浤汩汩，奔澗注淵。其所居之險巇危殆，有如此者。於是鳥有鸞鳳鸝鴻，鵾鷄神雀，山呼畫眉，元鳥白鶴，吟哢乎其下。獸有蒼頭白毛，元雄素雌，魚游人立，肘步髯飛，栖息乎其間。其所會之悲憐愴悽，又有如此者。於是命宋翟，申魯班，構雲梯，運風斤。蔡邕之儔見之，莫不駭然嘆曰：『世未曾有，得豈徒然。』乃責師襄比律，師曠調吕，長短圍徑，伶倫是主。不易本質，不需餘助，中聲既協，旋宫亦序。名之曰笛，君子佳侣也。

於是盥手拂塵，解囊去纙。奇氣雲繞，幽懷風披。劃然一聲，天地寥寥空闊，今古蕭蕭同悲。象厥聲形，如金之剛，如珠之明，如露之清，如碧之鮮，又如蒼龍吟于北溟，丹鳳叫於西山，獅子吼於天竺，蒲牢鳴於海邊。其初聲也鬱，如大人之包天地、育萬物，當之者充然無有得失。其終聲也睿，如神人之開秘密，演不思議，當之者闊然無有邊際。其清聲也揚，耳之垢積于是焉，簸蕩而復空洞之既亡。其濁聲也抑，心之浪翻於是焉乎，定而還恬静之已失。其悲聲也私，雖游樂少年、歡娱幼婦，莫不抆淚以噓唏。其歡聲也貼，雖懷鄉孤客，愁怨棄妻，莫不開顔而娱悦。若迺尊嚴端肅，仲弓之度也；通達曠放，莊周之趣也；清峻明亮，許巢之介也；嬋娟要妙，毛嬙、西施之態也；和平安樂，堯舜之治也；繁縟繽紛，揚馬之藝也；深險奇巧，張陳之策也；分決整理，申韓之察也；整齊變化，孫吳之陳也；剛强猛厲，烏獲孟賁之勁也。

於是輕躁者恭，傴促者宏，貪饕者廉，粗野者妍，澆薄者敦，簡陋者文，淺卒者精，昏亂者清，執滯者通，懦弱者雄。春則聲温，故池水飜緑，花草芬芸。夏則聲厲，故雲出奇峰，山川流麗。秋則聲悲，故木葉零落，鴻雁遠飛。冬則聲净，故雪滿寒江，梅花有信。於是飛鳥回翔，鹿馬止行〔三〕，魚躍蝦浮，蝶倦蜂傾，瓠巴毀瑟，伯牙破琴，弄玉屏簫，子晉藏笙，杞梁之妻不能爲其哭，高唐之士不能轉其聲。若乃高樓虚曠，清室寬閑，夜氣轉清，群動悄然，忻然三弄，舒暢懷抱，曲情鴻麗，擬議不到。初則原泉⿰氵疌⿰氵取，漫流溶漾；繼則長川奔馳，浩乎淼淼；忽而海潮漾溢，波涌雲撓；既則宴然澄寂，虚無縹緲。其聲音韻響，莫不盡善盡美。美善之至，元妙之旨。元之又元，渾然無起；妙之又妙，寂然無已。當此之時，人無事也，笛無爲也。音非去也，聞非來也。

客卿曰：『至哉。主人之吹笛也，因物賦物，不爲物誘；將境還境，不爲境縛。至哉。主人之吹笛也。』主人曰：『我但吹笛耳，不知其他也。』於是客卿愀然改容，廓然喪懷，避席告退。

【校記】

〔一〕此文亦收録於《麗郡文徵》與《滇文叢録》，詳見《雲南叢書·集部》之八十一、八十八，民國三十五年鉛印本。

〔二〕『星日』，《麗郡文徵》卷二作『日星』。

〔三〕『止行』，《麗郡文徵》卷二作『行止』。

## 方琴賦〔一〕

方子春在東海之上，彈方氏之琴，爲成連之師。成連刺舟，傳之俞伯牙；伯牙爲《水仙操》，彈之鐘子期；子期既没，陶淵明得不傳之秘，御無弦琴。方子春之琴，於是乎昭然天下矣。馬子賦之，其詞曰：

至哉，方琴之移人也。高山峨峨，流水湯湯，所謂伊人，在水一方。當其方氏之名未傳，成連之舟，飄飄然泛乎遠天。成連之舟既駕，伯牙之琴泠泠然流水之上、高山之下。伯牙之琴再鼓，子期之聰了了然妙絶千古。子期之聰無繼，淵明之意落落然高出塵世。於是衆巧歸一，一元無栽，渾淪芒昧，方琴之材也。元分四氏，四氏殊妙，清净宓沕，方琴之調也。方琴之音，窈窈冥冥，馮馮翼翼，大易之藴，思議莫及。方琴之操，寂寂寞寞，洞洞灟灟。上天之載，無聲無臭。

于是，方子春在東海之上，蓬壺之介，朝出無内，夕入無外。吞百川之衆，收江河之大，胸中廓落，曾無蔕芥，翔青冥之天，游廣莫之地，行處寂滅不生境界。寥廓恍惚，尋之者轉背；虚静淡泊，遇之者不會。于是成連之舟，泛于無何之淵；伯牙之琴，悲于亡氏之仙；子期之聰，聞于無聲之音；淵明之意，會於無形之琴。于是方子春不定在東海之上，蓬壺之介，往來于塵寰，逍遥于世俗；在山滿山，在谷滿谷，澄之不清，淆之不濁。所御之琴，不施冰絲之弦，不鑿梧桐之材，不雕白玉之軫，不飭黄金之徽。吹一毛，拈一草，清和之音，元素之道，禁邪之能，移情之巧，充然具足，無多無少。

于是，有識無識，凡有形質，方琴之身也。有慧無慧，凡有血氣，方琴之心也。日月星辰，有神之象，方琴之靈也。土木瓦石，無情之物，方琴之精也。一彈之餘，無取無得；三叠之後，奚捨奚失？於是，清風嫋嫋，明月皎皎，衆木情閒，群動聲悄。山崔嵬於虚無，水流離于縹緲。援五弦之雅琴，寫性情以窈窱。現人仙之幻軀，留姓名於海島。

【校記】

〔一〕此文亦收録於《麗郡文徵》，詳見《雲南叢書・集部》之八十八，民國三十五年鉛印本。

## 琴賦〔一〕

客疑《方琴賦》意在虚無縹緲，而詞略于材質聲音，以問馬子，馬子曰：『材質聲音，文中詳悉。』客曰：『然，請賦之。』馬子曰：『唯唯。』

嶧陽孤桐，崛其屹巘，魁梧百圍〔二〕，矗律千尺。上食紫霄之氣，下飲伏陽之液，前臨萬丈之淵，後依千仞之壁。日精月華，照曜裨益，雲陰霞彩，蔭翳護惜。惠風條暢，甘露浸漬。體質于是乎浸美，枝葉于是乎繁碩。其根則卷曲鬱結，拂戾摶搤，輪囷旁達，穿崖擎石。冬則冰雪噬之，烈風從而逼迫。夏則雷霆震之，潦湍繼以唐突。春則孤鳥折羽，哀鳴終夕。秋則離禽羈獸，栖息⿰身危⿸厂危。故其性情慘淡悱惻，類乎孤臣孽子，棄婦騷客，一切艱險厄塞，失意落魄。於是抱道君子，放懷高人，酒隱詩伯，蓬萊飛仙，相與遨遊乎其間。迺命伶倫之徒，斬其孫枝，製爲雅琴。紫磨之金飾其徽，冰繭之絲合其弦，和氏之璧雕其軫，隋侯之珠鑲其穿。師襄爲陽春之曲，伯牙爲白雪之篇。

歌曰：『天地氤氳兮敷陽德，風有光兮物有色，結同心兮歡自得。』又歌曰：『陰嚴肅兮飛白雪，皠皚皚兮皓以潔，美人不來兮心鬱結。』飛鳥聞之，戢翼娟娟；走獸聞之，垂耳綿綿；蠕動之屬聞之，莫不悲倦而不能緣。

於是高軒傑閣，閑房清宴，秋夜漻寂，月朗星炫。器和手敏，從意所便。初奏大吕，中涉清徵，既操文王，復咏微子。濁音夷猶，清聲汩越。心齊萬物，神交皓月。若乃深林幽谷，盤石青松，春日融和，花草芳茸。弦調心適，變化無窮。激楚陽阿，渌水離鴻，雜糅參錯，博採齊鎔。狀如高山，偃蹇崆峴；又象流水，澹淡夷容。是時情盡性復，皎如明日，絶傍獨往，無得無失。於是善人聞之忘其善，惡人聞之銷其惡。淫樂者改而爲淡泊，哀傷者化而爲恬漠，浮放者收而爲沉着，拘執者拓而爲寬綽。危險奇怪，歸之平淡；癡蠢愚黯，開厥苗蒼。紛紛總總，盡歸于大同，總總紛紛，永安于太元。

頌曰：天地之大，形其身兮。日月之明，曜其晶兮。古聖人意，日以新兮，精微奥妙，無能名兮。

【校記】

〔一〕此賦亦收録於《麗郡文徵》與《滇文叢録》，詳見《雲南叢書·集部》之八十一、八十八，民國三十五年鉛印本。

〔二〕『圍』，《麗郡文徵》卷二作『圖』。

## 城南賦〔一〕

西城何氏，美而被廢，幽居城南，怨而不怒。鄰婦往慰之，何氏曰：『語言文字，不能盡吾之情。』聞者莫不嘆息。馬子爲作《城南賦》，其詞曰：西方有一美人兮，絶世態而獨立。處清浄而不擾兮〔二〕，居污穢而不劣。嘆浮生之若夢兮，痛不覺而沉醉。譬日及之在條兮，朝榮華而夕瘁。君棄予以闊絶兮，予懷忠而抱美。本結髮而無嫌兮，又何必用夫媒氏？奉拳拳之誠愨兮，期南城之青瑣。設勺藥之精饌兮，陳時熟之蔬果。飆風忽以拔木兮，浮雲會而四塞。陽光闇其埃曀兮，天容窅而無色。雨滂沛以盆傾兮，雹紛擊而霍亂。繼雷霆之霹靂兮，耀霜雪之璀璨。

幸陰曀之不久兮，霽光曜而道清。望君來而不來兮，曰日晚而天不晴。風飄飄而入房兮，躡帷帳以噏呷。謂君來而失候兮，驚喜交而步跆。心鬱抑而不愜兮，神恍惚以儴佯。捲珠簾而下堂兮，巡映月之巖廊。桂花芳其酷烈兮，菊英秀以懷芬。梧陰靄其滿院兮，池鴛對而成群。别西清而上高樓兮，覽花竹之炯炯。訝君至而忽旋兮，月欺予以轉影。鳴雁哀其遠征兮，雲路長而聲杳。流螢焕其開闔兮，度長夜之渺渺。闢玉扉之晶瑩兮，振金鋪之鏗鏘〔三〕。刻栴檀以爲楣兮，繪木蘭以爲梁。擘沉香以爲廂兮，和椒芷以爲壁。錯七寶以爲堂兮，夫何文章之赫奕。

剖明月以爲閨兮，和氏璀其玲瓏。集蘭芝以爲宴兮，雜芍藥與芙蓉。撫蕙座以嘆息兮，照蓮燭之輝煌。橫瑶琴以寫心兮，歌咏短而意長。命瓊簫與玉笙兮，亂寶瑟之清雅。奏箾韶與歌辯兮，左右悲而泣下。謝長夜之冥冥兮，當白日之昭昭。彩雲繽其晻藹兮，王母欣然而降紫霄。崔龍鳳之冠冕兮，飄雲霓之華鬘。受群仙之朝拜兮，光煜霅乎兩間。玉女袖其蟠桃兮，仙姝捧其霞觴。曰予西宴于瑶池兮，將東遊于蓬瀛。麻姑斂衽而啟奏兮，滄海變爲桑田者三。今蓬萊水又清淺兮，請回駕乎元闕。

魂惆悵而驚覺兮，鷄既鳴以將曙。星敞罔而零落兮，月蹉跌以猶豫。援嘉夢以尋繹兮，知有形之必壞。恐君子之不悟兮，終斯世以見廢。

**【校記】**

〔一〕此賦亦收録於《麗郡文徵》與《滇文叢録》，詳見《雲南叢書・集部》之八十一、八十八，民國三十五年鉛印本。

〔二〕『擾』，《麗郡文徵》卷二作『優』。

〔三〕『鋪』，《麗郡文徵》卷二作『鏞』。

# 附録：酬唱詩録

## 劉大紳

### 贈馬子雲

點蒼山有沙雪湖，天方之域今則無。又見子雲麗江上，才名不服東西都。雪山刺天白虹起，倒影玉壺池名清如冰。高寒縹緲净塵滓，人生其間宜有此。買雪一躡點蒼市，恨未雪山著朱履。詩卷讀之冰牙齒，夢中直欲跨緑耳，追逐沙君與吾子。

（清）劉大紳《寄庵詩鈔續附》卷三，民國三年刻雲南叢書本

## 再贈子雲

余於子雲，知其爲詩人耳。見鶴慶林文徵，知其以直言被斥事，蓋奇士也。太和楊丹亭詩話亦載之，則名字易矣。再贈一詩。子雲原名龍，繼改名景，今仍原名，東樓其別字也。

昨日知是詩人耳，今日知是奇男子。朝得頭巾暮棄之，何處茂才肯如此。小兒人云亦云云，循例致身附青雲。獨從矮屋論世事，霹靂一聲天上聞。要驅狐兔膏鉞斧，亦令蛟龍作霖雨。物情喜愠從來殊，愈表蕡策委泥土。聲價遠在天地間，一琴一笛辭鄉關。半領青衫何足戀，十年快意遊名山。遊山歸來謝康樂，芙蓉初日露未落。奇人豈有尋常詩，鷙鳥纍百見一鶚。我亦曾爲汗漫遊，黔陽老馬麻陽舟。恨不大江月明夜，聽君吹笛黄鶴樓。

（清）劉大紳《寄庵詩鈔續附》卷三，民國三年刻雲南叢書本

## 子雲邀飲即園，分得『盤』字

快士遊歸乍解鞭，又携賓客赴騷壇。清秋白酒剛初熟，老圃黄花正未殘。先製笛聲翻别調，早將詩味勸加餐。不嫌翠海晴霞晚，更煮青羊薦玉盤。

（清）劉大紳《寄庵詩鈔續附》卷三，民國三年刻雲南叢書本

## 子雲寓中看西洋刀歌

昨見快上如快刀，庸人俗客争奔逃。今見快刀如快士，截蛟斷兕同鷄毛。中華九州未有此，來從西洋三萬里。白日微茫青天低，躍出自斬毒龍子。馬生佩之過幽燕，荊軻有鬼羞不前。劍術既疏劍亦鈍，瀝血空灑秦山川。歸來收藏舊洒鞘，我輩肝膽與相照。笛聲裁作蒼龍吟，刀響又爲白虎嘯。快刀快士今無雙，我口不喟心欲降。同時詩人有奇句，昆明秋水聲淙淙。國家重德此何重，空山樵蘇更無用。請君賣易黄耕牛，玉田瑶草且深種。

（清）劉大紳《寄庵詩鈔續附》卷三，民國三年刻雲南叢書本

## 再歌

得見寶刀快如何，年暮心壯重婆娑。凡鐵焉能鑄成此，紅暈血漬蛟龍多。清時原無不平事，逼人陰風挾秋至。南八男兒神在天，舊祠堂前新館地。子雲時寓南將軍祠西廡。斫指如見當年刀，坐客凛凛寒生毛。人生幾個度千歲，叩頭乞活羞兒曹。語君慎無日傳看，恐有旁人背流汗。倚樓且譜謫神仙，權扺一曲廣陵散。

（清）劉大紳《寄庵詩鈔續附》卷三，民國三年刻雲南叢書本

## 送子雲歸麗江

縱到昆明不是歸，西望夕日有光輝。可能水底黄金盡，未必雲間白雪稀。壯士投鞭辭驛路，老人扶杖啟山扉。還家樂事身親歷，相送歧途亦色飛。

（清）劉大紳《寄庵詩鈔續附》卷三，民國三年刻雲南叢書本

## 和馬子雲《寄雪山石》詩

雪山望不見，忽然入我屋。寒光逼萬里，積玉奪雙目。大力誰負趨，夸娥謝縮朒。遠移無深心，何以慰幽獨。

（清）劉大紳《寄庵詩鈔續附》卷六，民國三年刻雲南叢書本

## 寄馬子雲

雪山近處結吟廬，日飲瓊漿幾玉壺。不識長卿消渴甚，荒林落葉著何書。

空山烟雨擁蓑衣，牛背兒童嚮晚歸。短笛數聲吹入耳，思君一曲鶴南飛。

（清）劉大紳《寄庵詩鈔續附》卷八，民國三年刻雲南叢書本

## 書又前日得馬子雲書，因賦此

最樂是朋友，不奈易離别。昔恨山川阻，今復嗟髦耋。欲往不可即，欲止心難輟。憐人是魚雁，力與舟車埒。數函寄到處，灑落解中結。道路空險艱，鬼神枉拗捩。見書如見面，肝膽一齊熱。况又風雅詩，與古作者列。平澹本怪變，汪洋歸高潔。藏之千百年，一字豈磨滅。荒村門巷聯，積雨屨聲絶。今晨幾尺素，愁苦易歡悦。愁癯歡即肥，鏡光照如雪。嚮晚加餐飯，不用祝哽噎。

（清）劉大紳《寄庵詩鈔續附》卷九，民國三年刻雲南叢書本

## 馬子雲寄詩集并西藏葡萄、雪山茶至，賦答

大觀樓上秋風哀，一聲鐵篴何壯哉。浦中大魚昂首出，長空鴻雁相徘徊。穿雲裂石勢不止，逆浪倒流五百里。腰間飛出紅毛刀，要入洪濤取蛟子。飲酒賦詩朋輩多，豪宕感激齊悲歌。西山白日竟謝客，餘光閃鑠辭林阿。迴飆賦歸未幾夜，長鞭影停雪山下。鸞鵠品格難形容，萬丈銀龍見聲價。我方伏處漁樵班，農夫牧豎時追攀。里巷謳謡聽欲卧，風吹王琯來空山。於今奇材復何有，詩人詞客别亦久。得君戴李爲驂騑，荒陬尚能慰衰朽。筐篚千里還寄將，西域葡萄

滋味長。茗柯浸淫玉壺水，顧渚未敢争槇檜。芹根蕨芽饜野老，闍桂綏桃市上少。茹含精華松竹間，吐棄菖歜擲羊棗。忽然憶及漢張騫，附會乘槎牛女邊。君平解識支機石，客星一犯今幾年。又想唐家天隨子，茶烟裊裊荻蘆裏。五湖三泖終一身，暇即舟中閲圖史。於斯二者承下風，博望畢竟輸龜蒙。便欲唱和皮陸後，正恐有人笑雷同。

（清）劉大紳《寄庵詩鈔續附》卷十，民國三年刻雲南叢書本

## 寄馬子雲

我所思，在雪山，萬丈玉龍蜿蜒間。我所思，在玉湖，千尋雪水渣滓無。化爲神人下清都，綽約處子冰肌膚。化爲新詩與時殊，一字一顆鮫宫珠。泣盡不惜雙眼枯，投向人世瑩青矑。按劍顧盼胡爲乎，有櫝不如且藏諸。留待千秋知己須，高懸十乘光彩俱。靈蛇匍匐驪龍趨，千金聲價愁難沽，取石况敢輕揶揄。嗚呼！維人維詩有是夫，我思雪山與玉湖。

（清）劉大紳《寄庵詩鈔續附》卷十，民國三年刻雲南叢書本

## 喜馬子雲至十月二十一日至。九月二十二日自麗江來。

玉龍山下客，鬱鬱抱奇材。忘記何年别，驚傳此日來。生存便自好，老醜不須哀。却道逢

長路，多應姓氏猜。

孤村移宅久，鶴去少知音。門徑埋塵厚，庭階落葉深。馳驅千里路，傾倒一生心。問訊無端緒，寒宵淚濕襟。

（清）劉大紳《寄庵詩鈔續附》卷十二，民國三年刻雲南叢書本

## 同馬子雲、李翊清舊草堂側尋梅，未開

長憶寒梅樹，高枝擬其攀。一林堆落葉，半日坐空山。歲暖雪猶秘，村孤雲自閑。更隨流水去，憑吊小橋間。

（清）劉大紳《寄庵詩鈔續附》卷十二，民國三年刻雲南叢書本

## 送馬子雲赴昆明

未能聯轡上昆明，村舍聞鷄送客情。一月梅花香裏住，幾回槲葉影邊行。正風舊識二王學，新城漁洋兄弟。古調新知三李名。高密少鶴兄弟。此去如逢人吐鳳，楊蓉渚大令。不妨金碧滯歸程。

（清）劉大紳《寄庵詩鈔續附》卷十二，民國三年刻雲南叢書本

## 子雲將出門，小立梅花樹下

梅花香未歇，借此可淹留。投舍夕陽外，出門初日頭。道傍多散木，湖上有虛舟。最喜無干謁，平生祇漫遊。

（清）劉大紳《寄庵詩鈔續附》卷十二，民國三年刻雲南叢書本

## 子雲歸後却寄四首〔一〕

關山幾千里，到此計旬三。人老朝遲起，天寒夜倦談。師資既無所，交道亦何堪。昨日窺君意，艱難獨覺甘。

虛聲人不識，往往遠方來。囈語成詩卷，空筵索酒杯。齋心忘肉味，焦尾少琴材。試問五都市，幾人空手回。

見來聞去後，相戒入荒村。哭石偏多淚，招梅尚有魂。何干嘉客事，休信妄人言。渺渺飛鴻影，誰留爪雪痕。

高士麗江産，雪山千里明。縱然思老子，未足事長征。我欲乘雲去，君先帶月行。玉湖殘夜影，入夢亦移情。

（清）劉大紳《寄庵詩鈔續附》卷十二，民國三年刻雲南叢書本

【校記】

〔一〕『四首』，原詩無此二字，據内容補。

## 沙琛

### 雪山歌贈馬生景龍

崑崙之墟名無熱，點蒼六月猶積雪。離披鷲羽半青青，不似玉龍終歲白。原是西域大雪山，奇踪異閟非人間。晴明直現點蒼北，欲往遊之阻且艱。雪山馬生今奇士，忽來過我談經史。示我雪山詩，十有三峰亘頂趾。金沙百折從中來，南條萬里濫觴始。丰君詩帙倩君談，江聲雪瀑當前起。我聞阿耨達，環出六大水。雪澤之所潤，流行布佛理。麗江迤北達喇東，半達鉢愁森重重。奔騰到江入江底，矯矯逸出江南峰。豐巒狹隋鋭圭角，雄奇奥窈蟠虚空。壚即老人各異

態，斗牛危壁標星宫。番名漢語雜稱引，當頭亘古無人蹤。春融雪涣洪濤下，岷山百丈盈奔淙。信知天地妙偉造，江河大本非淙淙。馬生邃學佛，能譯西僧語。貝多得真諦，進取資净土。飄然來去十由旬，事業名山物外身。別後應知翹望遠，雲烟不障玉嶙峋。

（清）沙琛《點蒼山人詩鈔》卷五，道光二年增刻本

## 龍泉庵懷馬子雲

平沙遍穬麥，青青無畦畛。曲折玉河水，坦步臨東源。稠林互崖趾，臺殿迴波潾。渾沸爛錦石，涵蓄滋津津。清音漱鳴玉，倚徙瑩心神。故人事方外，棲居結僧鄰。遠遊近已歸，近出復何因。人事重婚宦，何乃如浼塵。我有一樽酒，念欲致殷勤。躊躇憶子歸，恍惚難可詢。格格水禽飛，天寒林影曛。

（清）沙琛《點蒼山人詩鈔》卷七，道光二年增刻本

## 與馬子雲、顧惺齋野寺看梅

大雪山前老野梅，泉聲瀌瀌花亂開。溪亭客醉不知晚，花底摩抄月上來。

（清）沙琛《點蒼山人詩鈔》卷七，道光二年增刻本

## 戴淳

### 馬子雲過訪，即送其旋里

六載遊踪足自豪，慣經雨雪不爲勞。吹殘黄鶴樓中笛，佩舊紅毛國裡刀。今日相逢神奕奕，明朝作別恨滔滔。安能十九峰頭去，勝處依君結屋牢。

（清）戴淳《晚翠軒詩鈔》卷五，雲南省圖書館藏稿本

### 紅毛刀歌再送子雲歸麗江

凍雲不散寒風作，凌晨走送衣裘薄。旅館怪底霞彩生，知是壁間快刀鍔。入座不辭爲請觀，七寶之裝先閃灼。拔鞘初出白鷴尾，有隙亂射赤烏脚。光芒若從静夜看，天上銀河横未落。舉目不見旄頭星，衹有月來照高閣。憶昨羽書飛臨安，我欲從軍空長嘆。倘得攜汝過江去，作帶束向腰間寬。賊不近身刀不發，人頭笑視如插竿。遊龍屈蠖偶出没，一戰血流川原丹。君家麗江通西藏，藏接大洋生巧匠。百鍊鑄成鬼爲號，千金購得神全王。書生自古曾封侯，當今天下

狼烟收。誰云孤客親僮僕，三尺相從萬里游。水犀山虎不足數，仍舊刀頭唱樂府。

（清）戴淳《晚翠軒詩鈔》卷五，民國三年刻《雲南叢書》本

## 馬子雲過訪

雪山高高入雲漢，仙人所居銀闕爛。一朝忽騎白鳳凰，碧鷄關下重相見。别來歲月真匆匆，半是愁中半病中。田頭幾畝芝草緑，巖口十度桃花紅。去年我上黄鶴樓，樓前江水接天流。恨不乘風海門去，買酒大醉三山頭。歸來杜門慘不樂，蹋壁空齋聞凍雀。平生師友各西東，盼得雙魚慰寂寞。從無客到野人家，乍掃蒼苔一徑斜。便欲留君十日住，前村踏雪看梅花。

（清）戴淳《晚翠軒詩續鈔》卷七，民國三年刻《雲南叢書》本

## 雪山詩爲馬子雲賦四首

### 生雲處

朝朝白雲出，暮暮白雲歸。似愁世路險，不肯下山飛。

### 鐵堂

無土草不生，有石雪常保。非此萬古鐵，孤峰直壓倒。

## 緑雪岩

柳絮何云工，梨花不堪擬。幽人煮茗來，緑過澗中水。

## 玉壺

納雪不化水，隨風欲移山。有時倦遊返，獨坐寒潭間。

（清）戴淳《晚翠軒詩續鈔》卷七，民國三年刻雲南叢書本

## 立春前二日，聽子雲吹簫簫産玉屏，爲子雲新得者。

笛有激烈響，簫含和平音。激烈餓鴟叫，和平渴鳳吟。我過玉屏縣，霜風生空林。水聲出石竅，如聽江上琴。聞君尺八管，吹向彩雲岑。曲罷杏花放，不知春淺深。

（清）戴淳《晚翠軒詩續鈔》卷七，民國三年刻《雲南叢書》本

## 讀馬子雲詩集，是寄庵師評本

有天地有山，無冬夏無雪。平居飯雪腹，苦吟奪山骨。有刀且舞霜，有笛且吹月。莫縮袖中手，試數冠際髪。老鳳况已死，孤鶴尚何説。

（清）戴淳《晚翠軒詩續鈔》卷八，民國三年刻《雲南叢書》本

## 夜坐寄馬子雲

不寐永今夕，庭前白露繁。玉環新月破，鉛筑亂蟲喧。臨此意方適，塊然誰與言。故人南郭寺，一榻契真源。

（清）戴淳《晚翠軒詩續鈔》卷八，民國三年刻《雲南叢書》本

## 送馬子雲之晉寧

有客走相告，重攜琴與書。將爲兩地別，不共一城居。流水之官舍，梅花守敝廬。當兹歲云暮，分袂意何如。

（清）戴淳《晚翠軒詩續鈔》卷八，民國三年刻《雲南叢書》本

## 戴絅孫

## 馬子雲龍麗江致書，爲西洋刀索賦，成此寄題

樓頭笛聲墮秋水，去年扁舟識奇士。江山萬里懷壯游，歸裝盈擔壓圖史。就中更數西洋刀，

神物如人豪氣豪。變化無緣覿雄怪，尋常詩債千牛毛。昨朝尺書寄遠道，上詢起居下索稿。知君一片有心人，我媿狂夫但潦倒。世間百事都等閑，丈夫恥作兒女顔。肝膽未知向誰訴，令余雙淚常潸潸。人生快意那得此，知己今日劉老子。酒酣起舞歌向天，練帶横飛鏡光裏。宵分星象寒斗牛，荆卿劍術真足羞。利器要當及時用，填胸細碎空恩讐。君家麗江江水碧，高峰險峙雪山白。驚濤拍岸風雨多，生恐爲龍自珍惜。願君勿出輕示人，失路英雄凡眼嗔。坐見純剛化繞指，吾徒寗不悲風塵。

（清）戴絅孫《味雪齋詩鈔》卷一，清道光二十七年至二十九年昆明戴氏京師刻本

## 吴存義

### 按試迤西楊嶰谷、馬子雲送於滇海上，時子雲將歸麗江，爲賦三章，即題其《雪樓詩集》

雪山有奇士，抱雪樓上居。樓高五十尺，環楹列瓊琚。樓上何所有，金薤琳瑯書。客來問書目，一一胸中儲。三十讀書畢，汗漫游九區。躡屐俯泰華，挂席凌江湖。六十賦歸來，飽食

滇池魚。紅葉照巖谷，揖我於路隅。殷勤置尊酒，言將還舊廬。

舊廬怒江隈，日對太古雪。峨峨樓中人，古雪吹不熱。髮與雪同白，心與雪同潔。綺羅夢亦無，子雲早絶婚宦，三轉藏經，深入佛海。軒冕志早絶。以此積精進，了悟得禪悅。但未離四縛，吟魂夜中結。歌誦起輕雷，坐使雪山裂。何時降詩魔，放筆冷於鐵。

將鐵鑄作墻，四角安鐸鈴。天風颯然至，鈴語空中清。身是無縫墻，詩即天籟鳴。悟彼聲聞乘，不礙文字名。朔風吹滇海，寒浪縱復横。群山木葉下，蒼翠盤高冥。我行讀君詩，期君西南行。好去一龕雪，妙香尋古靈。

（清）吴存義《榴實山莊詩鈔》卷二，清同治刻本

## 樓上看雨，和馬子雲韻

黑雲蟠蛟螭，翠海走雷雨。風力蹙芰荷，秋聲亂烟浦。拋擲萬凉珠，陡覺滌煩暑。阿香車隆隆，頩顔蓄餘怒。凜凜樓中人，齽齘不敢語。偶將掀舞態，對寫竹三五。有如强酒客，既醉添杯酳。突兀來君詩，森然樹旗鼓。高響開流雲，遠山露眉嫵。萬象墮蒼莽，旦晚有今古。

（清）吴存義《榴實山莊詩鈔》卷二，清同治刻本

## 同馬子雲登彩雲樓

群山蜿蜒環城趨，城邊高樓山不如。三十三級蹋雲上，一層更上凌清虚。那知檐鐸高幾許，但覺闌楯平浮圖。斜日倒影晃金碧，長風吹籟調笙竽。萬家烟樹薺難數，百里滇海杯可輸。意識竟隨眼界轉，俯仰頓令心神殊。河流如帶枕水閣，溪光罨畫真三吴。兔葵燕麥媚春晚，祇少新緑摇蔣菰。雪樓居士今林逋，佛燈禪榻時跏趺。腰脚不肯讓年少，登樓笑謝僧雛扶。香烟坐看白毫繞，茗椀争鬥流雲腴。華嚴初地參未遍，門外旌旆催前驅。歸卧齋閣心追摹，何時瓶鉢隨伊蒲，我非佞佛聊自娱。

（清）吴存義《榴實山莊詩鈔》卷二，清同治刻本

## 方玉潤

### 寄馬子雲翁

翁久病，已動歸思。近接季膺手札，猶云與子雲螺蜂登高之語，則是精神比前更健也，因有是贈。

書劍消殘總未歸，維摩身世病難揮。蕭騷白髮依僧寺，寂寞青山老布衣。古樹有心枯更活，

寒雲入夢往還飛。登高聽説多清興，瘦聳雙肩對落暉。

（清）方玉潤《鴻濛室詩鈔》卷之三，清咸豐十一年至同治十三年隴州刻本

## 雪山吟送馬子雲先生歸麗江

我聞雪山脉落崑崙頂，十三峰插雲霄迥。厥高三萬六千有餘丈，蜿若玉龍騰踔撑孤嶺。新雪古雪望不分，鐵堂銀巖標奇境。山何奇，奇以雪。雪何奇，奇以雲。雲物頃刻變滅間，萬態隨風生瀛蜃。素衣仙子騎白鹿，飄入梅花不見影。鐵杖伏虎在何處，玉柱擎空光炯炯。洞北古壑有長春，湯泉幾見銀濤冷。靈芸仙草不死根，六月霜飛詎能隕。回頭俯瞰玉壺池，萬仞奇峰懸古井。異哉天下奥區有如許，可惜遠落窮荒景。徒瘴雨兮濛濛，更蠻烟兮溟溟。不得與泰岱之雲峨嵋雪，並峙中原恣馳騁。唯擢秀兮南天，蔚爲蠻峰之袖領。古來仙佛老巖壑，何異兹山憾滅泯。雪樓老翁古逸民，産雪山下真何幸。天生雪山必生翁，雪翁清名山與并。翁之貌，似雪寒。翁之性，如巖挺。載酒江湖四十春，時時夢對雪山飲。雪翁不歸山態愁，雪山久別翁何忍。昨聞山靈有夙約，歸程不待猿鶴省。琴書半束飽烟霞，籃輿一肩穿石筍。撫昔時之松菊，失向來之丹鼎。青山如舊徑全非，爲問頑石醒未醒。丈夫蠖屈古無傷，要與山靈話平等。離酒一樽翁試聽，爲翁譜作雪山引。

（清）方玉潤《鴻濛室詩鈔》卷之三，清咸豐十一年至同治十三年隴州刻本

## 楊載彤

### 雪山十二境同蓉渚作，應馬子雲。

雲根觸石起，石上雲盤踞。見雲不見石，雪是生雲處。生雲處

南嶽七十二，別有天柱峰。神禹書未勒，荒碑表玉龍。玉柱碑

雪落化生水，崖腹轉輪迴。七日一陽動，南山陰其靁。雷崖

江上風從虎，江中龍爲雨。苛政永蠲除，長江流化宇。虎跳江

疑是藐姑射，神人肌膚潔。中有緑髮翁，披雲坐巖穴。緑雲崖

四時盡冬景，一壑望春明。却笑天山下，笛中楊柳聲。長春壑

嚼梅古仙人，赤足踏寒雪。朗朗玉山行，拄過杖九節。鐵杖嶺

昔聞壺貯水，今知水貯壺。山影冰壺似，傾入觚不觚。玉壺池

麗水沙生金，雪山崖生銀。金銀天不寶，出以示斯人。生銀崖

境是虚明境，石頑亦生光。不照去來跡，照君如是裝。光石崖

天體本圓靈，入洞成方光。少見多所怪，窺測甚難量。天方洞

瑶草寒凝白，怪石凍成裂。上方雖未到，畢竟堂是鐵。鐵堂

（清）楊載彤《嶰谷詩鈔》卷二，清咸豐年間刻本

## 酬馬子雲

丈夫既不能持太阿柄，鋒逼秋水誅頑讒。又不能揮五色筆，艷吐彩雲騰西南。九戰棘圍阨一遇，青眼不垂白眼耽。七尺軀爲八口計，耕無黄犢織無蠶。漫云小道是仁術，縱能活人功亦纖。欲走燕都作末吏，身家不治烏能廉。側聞金江馬子雲，僉日高士俠客兼。萬金貲産脱手盡，一身猶畏浮名擔。軼足燕趙歷吴楚，歸佩寶刀霜鍔銛。耳名十載未謀面，豪吟投贈家君嚴。丁亥之冬十月半，五華山下韓始瞻。英風瀟灑氣卓犖，短髮彫零鬢藍鬖。其來匆匆去更速，西謁

草堂踰龍潭。寄庵夫子草堂在寧州龍潭西。君室有記題以懶，我繪成圖醉深酣。質諸先生未云可，亦各言志庸何慚。我家蒼山峰十九，君家雪山峰十三。他日歸去足笑傲，交龍寶劍雙伏潛。

（清）楊載彤《嶰谷詩鈔》卷二，清咸豐年間刻本

**郭氏園梅花盛開，偕李午橋、張鴛浦、家丹亭、馬子雲餞別家蓉渚**

竹木四圍雙水塘，離筵何處不心傷。笛吹楊柳人將別，樽倚梅花酒易凉。暗淚漸銷紅燭短，明星遥帶碧天長。酣歌盈耳同歸卧，夢裏衣裾尚有香。

在記春元第四朝，黑龍潭上石頭橋。曾陪星使卧山月，長憶仙人吹洞簫。一歲梅花開到底，兩年流水去隨潮。他時再見垂垂發，把酒相思魂更銷。

（清）楊載彤《嶰谷詩鈔》卷二，清咸豐年間刻本

**九日黎木庵、史澹初招同李静軒、馬子雲、朱麗川、王蘅塘小集佛海閣爲王樂山丈餞別，分韻得『歸』字**

城裡樓臺擁翠微，城邊山郭盡斜暉。秋從紅樹稍頭老，客指黄花節後歸。九日三年諸友共，

一家千里尺書稀。思親爲計翁還候，香稻新收蟹正肥。

（清）楊載彤《嶰谷詩鈔》卷三，清咸豐年間刻本

**壬辰春，查花農卧疴省寓，人日偕馬子雲過訪，齋中山茶盛開。適見有詩，依韻和之**

維摩善病引文殊，丈室圓明藴寶珠。莫待趙州參得味，天厨香有此花無。

（清）楊載彤《嶰谷詩鈔》卷三，清咸豐年間刻本

**夏日病起，次韻查花農述懷之作，柬黎木庵、史澹初、馬子雲、家丹亭諸君**

床頭兒女繞團欒，臨履心情感百端。魔最難降貧且病，骨憐真瘦夏猶寒。故人揞枕同新疾，時花農亦在病中。熱客盈門半冷官。潦倒此生應得壽，全憑浩氣未消殘。

（清）楊載彤《嶰谷詩鈔》卷三，清咸豐年間刻本

**重九日招黎木庵、馬子雲、史澹初、何紫亭小飲**

卅年客裡度重陽，十九重陽滯此鄉。短髮暗侵霜氣白，長杯飽饜菊花黄。半凋良友情彌洽，

多難邊城景未荒。適地震災後。百歲登高曾幾日，餘生莫遣負秋光。

（清）楊載彤《嶰谷詩鈔》卷三，清咸豐年間刻本

## 九日馬子雲、家丹亭兩先生邀同遊圓通寺，阻雨未果，步馬子雲韻

九秋遊興發，風雨輒綿連。竟阻高人躅，難登初地禪。重陽滿城節，千古一詩傳。笑我長爲客，花黄久未還。

喞盃思舊事，佳日友朋連。昔與王樂山、查花農、李即園、史澹初、朱麗川、黎木庵、唐二南、楊蓉渚、張鴛浦及余三人此會最盛，賦詩亦屢。昔共客中雨，多逃物外禪。交情將酒奠，别恨寄郵傳。不盡登高意，神遊獨往還。

（清）楊載彤《嶰谷詩鈔》卷三，清咸豐年間刻本

## 七夕雨，和馬子雲原韻

雲錦章成綺縠垂，赤龍乘勢迓安期。銀河一夜零鈴雨，盡爲天孫訴别離。

（清）楊載彤《嶰谷詩鈔》卷三，清咸豐年間刻本

**立春日試筆，簡馬子雲、李雲帆、段方山諸同學步先嚴《道光元年人日雪晴試筆，用杜拾遺人日詩》韻**

一氣氤氳結大歡，無邊春色共君看。風雲變態成新象，花鳥忘機破嫩寒。萬事關心容漸改，百年過眼指輕彈。得休息處權休息，馳逐應知世路難。

（清）楊載彤《嶰谷詩鈔》卷三，清咸豐年間刻本

**五疊前韻答陳緒山并柬馬子雲**

一緣歡結万緣歡，筆舞空花翳目看。頭觸無言輸海黑，舌饒多事識山寒。耽吟坡老鬚拚斷，出定文殊指讓彈。七步八叉今亦有，論工却到古人難。

（清）楊載彤《嶰谷詩鈔》卷三，清咸豐年間刻本

**九日偕馬子雲、李雲帆携三女婿李家模遊圓通寺，登螺峰會飲。次日復小集雲帆寓齋，座中謝石瞿出示登高長句，和元韻補作**

六六年前此地來，登高人世閲相催。螺峰依舊青山在，蟻酒莫孤黄菊開。九日風寒欺髮短，

千林木槁對心灰。陰氛遠翳東南晦，無計安邊愧不才。

（清）楊載彤《嶰谷詩鈔》卷四，清咸豐年間刻本

**馬子雲爲予言，五十年前有蜀客某，自鷄足山携來牡丹一本，花開紫色，每辮腰間横列金粉線，光采奪目，世罕見聞，殆即所稱金帶圍者。憶作七律一章，囑予次韻和之**

馬翁曾見説根芽，種邁姚家與魏家。假以文章金紫色，真爲富貴帝王花。相歡帶合隆三錫，對飲盃宜酌九霞。翻笑世人矜組綬，一朝褫去枉興嗟。

（清）楊載彤《嶰谷詩鈔》卷四，清咸豐年間刻本

**立冬日過訪馬子雲，適座中有渠同鄉王、楊二文學，言麗江近年復開金帶牡丹二次，花落其本亦萎。丁酉春，郡中楊姓宅内開者，花大而艷，帶寬指許，若真金色，光彩奪目，延賓玩賞廿餘日，至今傳爲美談，愈信子雲之説不誣也。詩以紀之，仍用前韻**

麗水金生别有芽，牡丹圍帶説楊家。縉紳聯絡真三品，富貴莊嚴第一花。自是地靈鍾草木，

竭來天寵點烟霞。折腰桃李恭迎處，蘇季尊榮共嘆嗟。

（清）楊載彤《嶰谷詩鈔》卷四，清咸豐年間刻本

**報功詞枇杷盛開，次馬子雲韻**

晚翠有枇杷，垂垂映碧紗。冬來生玉蕊，雪裡伴梅花。冷艷依僧淡，濃陰透月斜。黄金思布地，結菓待成家。

（清）楊載彤《嶰谷詩鈔》卷四，清咸豐年間刻本

**五月朔日，夢馬子雲將歸麗江，話别**

吾友馬子雲，遺世而同群。兩載未相見，靡日不思君。思君竟入夢，宛然笑語温。顧我備資糧，言歸麗水濱。祖餞割一鷄，園蔬侑酒樽。我亦善戲謔，誹議輒紛紛。傳食走天下，不武當能文。進則占時泰，退爲守運屯。豈若小丈夫，窮日盡力奔。君乃大首肯，相對各忘言。真幻杳難辨，曉窗色尚昏。

（清）楊載彤《嶰谷詩鈔》卷五，清咸豐年間刻本

## 子雲將歸麗江，余先返馬龍，贈别

忘形呼爾汝，同志更伊誰。麗水將歸去，華山遽别離。此生容易盡，後會渺難知。無限徘徊意，爲君當賦詩。

情豈山川隔，交惟貧賤親。鬚眉嗟各老，心性契同真。舊雨永今夕，高風無古人。天寒且莫往，整駕待來春。

（清）楊載彤《嶰谷詩鈔》卷五，清咸豐年間刻本

## 春正二十七日，馬子雲命姪長庚寄書言别，并囑覓輿夫指期。花朝前五日起行，口占一律寄答

雛鳳傳書捷似飛，臨風讀罷淚沾衣。最難好友衰年别，况是邊城遠道歸。三月懷人嗟我老，一生知己似君稀。白沙期會當何日，數年前有偕歸麗郡白沙之約，其地宜麥。藝麥歌聲續采薇。

（清）楊載彤《嶰谷詩鈔》卷五，清咸豐年間刻本

# 附録：卦極圖說

## 圖

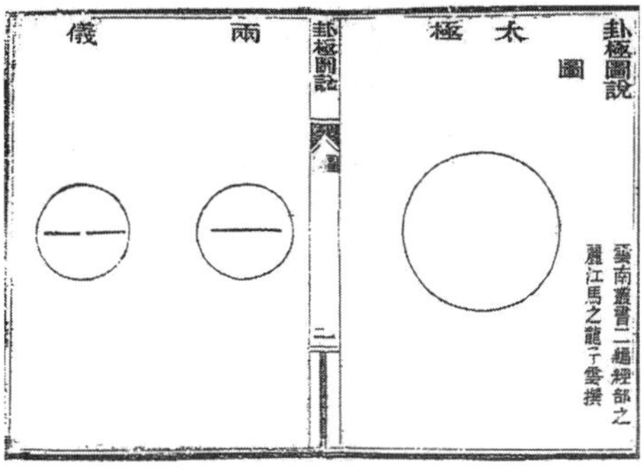


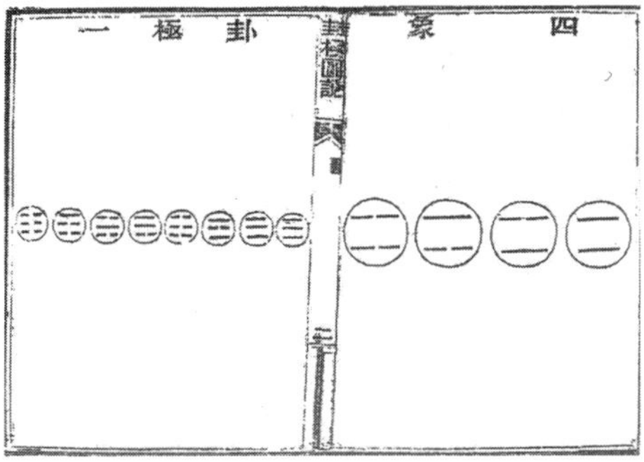


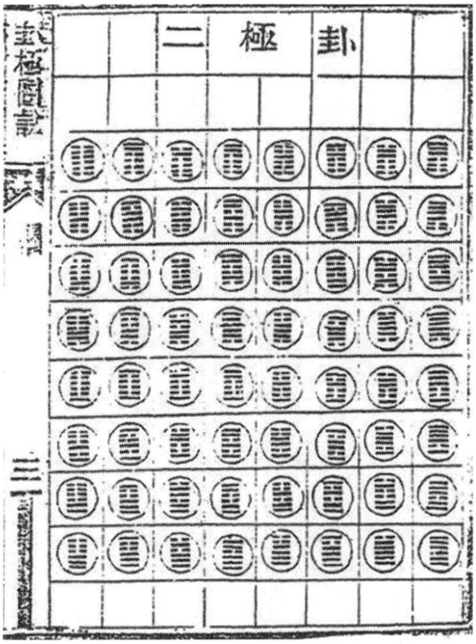

# 説

有獨一，無偶一。亦不有者，從無能名。假屋脊之名，名之曰《太極》，卦之脊也。

卦之奇耦，對待法也。極非對待，而對待即是極，四象交加法也。極非交加，而交加即是極，八卦總法也。極非總，而總即是極，六十四卦重法也。極非重，而重即是極。卦無自體，假合而有也。假合而有者，畢竟無有，故曰：唯極實有。實有者，非假而有，不歸於無之謂也。

故離極言卦者，不見卦者也；離卦言極者，不見極者也。本極言卦，即卦言極者，見極者也。見極者，眼見極之謂也。眼見極者，伏羲氏是。伏羲而上，伏羲而下，眼見極者，無論此天下，彼天下，皆是伏羲氏。皆是伏羲氏者，不一不異，可一可異之謂也。

卦非伏羲氏始有之，卦自來原有之卦也。伏羲氏先見而畫之，故歸之伏羲氏。

伏羲氏即卦，是極之聖也，異於由卦而極之聖。由卦而極之聖，人而聖之聖也，次於聖而人之聖。聖而人之聖，即卦是極之聖也。即卦是極者，極外無卦，卦外無極之謂也。

極實有而無象，實有故永不壞，無象故不可名。不可名而名之，不名之名也，故不可圖。不可圖而圖之，不圖之圖也，故不可説。不可説而説之，不説之説也，故可説。圖卦所以圖極也，故不曰《卦圖》而曰《卦極圖》。極不可圖，因卦圖之，故不曰《極圖》，而曰《卦極圖》。卦即是極，而未卦者亦即是極，故《卦極圖》前列《四象》《兩儀》《太極》三圖，且明卦之所自來也。

自一至五，自源而之流，順法也；自五至一，自流而之源，逆法也。故曰順則爲人，逆則爲聖。爲聖爲人，圖盡之矣。畫卦，順法也。順法之中，又有逆法在，故曰順則成物，逆則成己。成己成物，卦盡之矣。

卦不須《繫辭》，不須《繫辭》而繫之辭者，得畫卦之意也。得畫卦之意者，順法也。順法之中，有逆法在。故舉一字一句，莫不有逆法在。故曰順法成物，逆法成己。三代《繫辭》，是易卦之衍義也，順法也。順法之中有逆法在，故舉一象、一爻、一象，莫不有逆法在。故曰順法成物，逆法成己。成己成物，易盡之矣。

成己所以成物也，成物所以成己也。成己者見極，成物者知極，而此之知見，亦不立極矣哉。

雪山居士山中獨處，中年出遊，寓昆明幾二十年，老矣。一日學《易》客來，請著書，居士逌然微笑。再請，居士曰：上等目擊，中等口答，下等筆著。三請，居士乃援筆爲《卦極圖説》。此後上等第一人來，示以《極圖》；第二人來，示以《儀圖》；第三人來，示以《象圖》。中等第一人來，示以《成卦圖》；第二人來，示以《重卦圖》；第三人來，示以全圖。下等第一人來，示以《卦極圖說》；第二人來，示以三代《繫辭說》；第三人來，示以《周易說》。至若無等等人來，但道眠食而已。道光二十三年癸卯七月七日，五華山東侍者謹識。

雪山居士著《卦極圖說》，後人來，示以《太極圖》，觀已，問：『會麽？』答：『未會。』又示以《儀圖》，觀已，問：『會麽？』答：『未會。』又示以《象圖》，觀已，問：『會麽？』答：『未會。』又示以《成卦圖》，觀已，問：『會麽？』答：『未會。』又示以《重卦圖》，觀已，問：『會麽？』答：『未會。』又令合觀五圖，觀已，問：『會麽？』答：『未會。』乃示以說焉。有會者拜謝，居士曰：『無干我事。』道光癸卯七月十日，五華山西侍者謹識。

雪山居士出山，無時不接人，無處不接人，無事不接人，而人自不知耳，何待《卦極圖說》。雖然，此書出，則蔭庇愈廣且遠矣，居士豈可少此一舉哉。道光癸卯七月十三日，五華山南侍者謹識。

《卦極圖說》終